風かおる

葉室 麟

幻冬舎時代小説文庫

風かおる

一

昼過ぎになって風がぱったりと止んだ。

菜摘《なつみ》は、わずかに身を乗り出して縁側から空を見上げた。薄雲が広がる空には風の気配がない。それだけに盛夏の暑さが増すのが感じられた。

菜摘がなおも空を見上げながら袖で顔をあおいでいると、

「菜摘先生――」

と庭先から声をかけてきた者がいる。見ると、総髪を束ねて後ろに垂らし、木綿の着物に袴《はかま》を穿いて小刀を腰に差した稲葉千沙《いなばちさ》だった。

十六歳になったばかりだ。

千沙は身なりこそ男子だが、九州、筑前国の博多で眼科医を営む稲葉照庵《しょうあん》の二女である。照庵は男子がなかったため、女であっても才気煥発な千沙に期待を寄せ、女ではなく男子として育てた。

千沙は頭脳明晰で気性も男っぽかったが、見た目は華奢《きゃしゃ》で小柄だった。しかし、幼いころから剣術、柔術、馬術を稽古しており、体は丈夫だった。そんな千沙は家のすぐ近くに住む七歳年上の菜摘を姉のように慕っていた。

黒田藩の郡方《こおりかた》五十石、渡辺半兵衛《わたなべはんべえ》の三女に生まれた菜摘は、三歳のとき、同じ藩の竹内佐十郎《たけうちさじゅうろう》のもとに養女に出された。

佐十郎がわけあって致仕《ちし》したため離縁されて実家に戻った。実家で三年ほど過ごし、七年前十六歳のときに鍼灸医《しんきゅうい》の佐久良亮《さくらりょう》に嫁した。亮は菜摘を娶《めと》ると瓦町《かわらまち》に鍼灸医の看板を掲げた。

鍼灸医とはいっても亮は鍼《はり》治療だけでなく、長崎で修業した蘭方医だった。

亮は博多の生まれで、十七歳のときに江戸に出ると、鍼灸医であるとともに西洋医学の知識を広げ、出府したオランダ商館医のシーボルトと面会して交流した石坂宗哲《いしざかそうてつ》の門に入った。石坂門下で学んだ亮はさらに長崎に赴き、蘭方医学を学んだ。

稲葉照庵も蘭方の素養があり、長崎の医師仲間を通じて亮と知り合い、博多で開業するつもりがあると聞いて、

「ならば、わしと同じ町内に来ればよい。たがいに患者を紹介しあえば繁盛するの

は間違いない」

と勧めてくれたのだ。

照庵の言った通り、亮が開業すると、照庵から聞いたという患者が相次いで訪れ、閑古鳥《かんこどり》が鳴かずにすんだ。

しかも、菜摘は夫の亮から指導を受けて、鍼灸術だけでなくオランダ医学にも通じるようになっていた。

この時代、医師となるために、特別な資格がいったわけではない。亮は四年ほど教えて菜摘の腕が確かなものになったと見て、自分の代診とした。若く美しい菜摘が診療を行うようになると博多の町人は喜んで詰めかけた。

亮は苦笑したが、しばらくすると、

「まだ、学びたいことがある。ここは菜摘にまかせよう」

と言い出して長崎に行ったのが一年前のことだ。その後、時おり手紙が来るだけで、いつ戻ってくるともしれなかった。菜摘は子がおらず、通いの女中だけの家では不用心なため、実家から弟の誠之助《せいのすけ》を呼んでいた。

次男の誠之助は、すでに十八歳だが、お役につける見通しはないため、喜んで姉のもとに転がり込んだ。だが、鍼灸医となるつもりはないらしく、書物を読んだり、城下の私塾をのぞくなどして、のんびりと暮らしていた。

庭先に立った千沙は家の中にちらりと目を遣《や》って、

「誠之助殿は、おられませぬのか」

と訊いた。菜摘は首をかしげた。

そう言えば、千沙はいつも訪ねてきたおりに誠之助がいるかどうかを訊くようだ、かといって用事があったためしがない。

「誠之助にご用ですか」

菜摘が微笑《ほほえ》んで訊くと、千沙はあわてた様子で頭《かぶり》を振った。

「いえ、なんでもありませぬ」

千沙がわずかに頬を染めた気配があったが、菜摘は気づかぬ振りをした。

「では、わたくしに用事なのですね」

「はい――」

千沙は勢い込んでうなずいた。

「なんでしょうか。病人がいらっしゃるのですか」

「そうなのです。父が菜摘先生に診《み》ていただけないだろうか、と申しております」

「照庵先生が診ても治せない方でしたら、わたくしも無理だと思いますが」

菜摘が頭を横に振ると、千沙は急いで言った。

「いいえ、その方が菜摘先生に診てもらいたいと思っていらっしゃるのです」

「わたくしにですか？」

それならば、なぜ直《じか》に頼まないのだろうと菜摘は不審に思った。しかし、これ以上、患者の気持ちを忖度《そんたく》するのは医者の振舞いではない。求められれば、どこへでも、どのような患者でも出向くのが医者の務めだ、と亮に教えられていた。

「わかりました。いずれへ参ればよろしいのでしょうか」

「平尾村の待月庵《たいげつあん》です」

待月庵は千沙の従姉《いとこ》で馬廻り役嘉村吉衛《かむらきちえ》の妻であった多佳《たか》が、四十を過ぎて寡婦となり髪を下ろし、移り住んだ城下はずれの庵《いおり》だった。

「多佳様の庵に患者がおられるのですか」

多佳とは照庵の家で先月、会ったばかりだった。

千沙はうなずいたが、それ以上、答えようとはしなかった。菜摘は鍼灸の道具と薬が入った箱を支度して千沙とともに出かけた。

白紗《はくさ》の着物の菜摘が男装の千沙の案内で平尾村に向かうと、町のひとには、美少年と清雅な美しさを持つ女の道行のように見えるらしく、好奇の目を向けられた。

菜摘が苦笑して、

「千沙さんはその姿をいつまで続けるつもりなのでございます」

と歩きながら、さりげなく訊いた。千沙は訊かれ慣れているらしく、

「わかりません」

とあっさり答えた。

菜摘は少しおかしくなって言葉を継いだ。

「でも、お嫁に行かれれば、殿方の格好というわけにはいきませんでしょう。ひとから見れば、旦那様がふたりいるように見えますから」

「そうなのです。それで困っています」

と言ってから千沙は小さな声で付け加えた。

「父がわたしに近く祝言をあげさせようとしているのです」

菜摘は目を瞠《みは》った。

十六歳と言えば、娘なら縁談があっても不思議な年齢ではない。しかし、照庵は千沙に幼いころから男装させてきただけに、医師として自分の後継にするつもりだろう、と思っていた。

菜摘は歩みを緩《ゆる》めず、あたりをうかがってから声をひそめて訊いた。

「それで、お相手はどなたなのです」

「福岡の医者の息子です」

千沙は吐き捨てるように言った。

医者の息子なら千沙の婿になって照庵の後を継ぐこともできるわけだ、と菜摘は思ったが、千沙は得心していないようだ。

「千沙さんは、相手の方が気に入らないのですか」

しばらく黙って歩き続けた千沙は、やがてぽつりと言った。

「好きではありません。若いのに芝居や音曲好きで、柳町に出入りしているようなひとですから」

柳町とは江戸の吉原と同じ、藩が公認している遊郭だった。石堂川が博多湾に注ぐあたりに板塀に囲まれて立つ遊郭を菜摘も遠くから見たことがあった。

黒田藩では遊郭での夜遊びを禁じているため、昼間から門の潜《くぐ》り戸を入っていく町人の姿があった。

潔癖で男らしさが好きな千沙にとって、芝居や音曲が好きで遊郭に通う男は許せないのだろう。だが、千沙が相手のことをどれほど知っているのだろうか、と菜摘は思った。

「もうお会いになったのですか」

菜摘が訊くと、千沙は頭を横に振った。

「会ってはいません、でも会わなくともわかります。わたしが好きになれないひとです」

きっぱりと言う千沙の横顔を見ながら、もしかすると、縁談の話があるから誠之助と会いたかったのかもしれない、と思った。誠之助は学問こそ不熱心だが、剣術と柔術はかなりの腕前だと聞いていた。

千沙は菜摘の家を訪ねてきたおり、誠之助に庭で剣術の稽古をつけてもらい、手痛く負けたことがある。そんなとき、千沙は悔しげに、言い放った。

「柔術ならば負けません」

誠之助は笑って答えた。

「女子《おなご》と取っ組み合いをしては、変な心持ちになるから、御免こうむる」

誠之助の言葉を聞いて千沙はうつむいたが、恥ずかしさのためか頬が紅潮していたのを菜摘は覚えていた。

平尾村が見えてきたころ、菜摘はさりげなく言った。

「千沙さんに縁談があることを誠之助に話しておきます」

千沙はぱっと顔を輝かせてから、

「かたじけない」

と男言葉で礼を言った。

菜摘はくすくすと笑いながら道を進んだ。

待月庵は田圃《たんぼ》が続く道をたどった向こう、山の麓に近い竹林の傍《そば》にあった。

多佳は移り住む数年前から梅や桜、楓《かえで》などを庵の周囲に植えており、季節ごとの風雅があった。

生垣で囲まれ、茅葺《かやぶき》の八畳間がふたつ、六畳間が三つあり、庵としては大きめだった。さらに竹林を切り開いて離れが建てられている。

多佳は夫とともに福岡の歌人大隈言道《おおくまことみち》に師事しており、夫亡き後は作歌に生きがいを見出しているのだという。親しいひとを招いて歌会を開くおりのための座敷なのかもしれない。

言道は福岡の富商大隈茂助の家に生まれた。幼年より歌学を学び傑出した才を表し、家業を弟に譲って、歌人としての道を歩んだ。古歌に止《とど》まらず、いまに通じる清新なものを引き出そうという情熱にあふれた作歌に精進していた。

多佳もまた、年齢に似合わず若やいだものを常に身にまとっている風情があった。

千沙が黒木門を潜って、入口で訪《おとな》いを告げると、女中のやえが出てきて、奥へ菜摘たちの来訪を告げた。

すぐに出てきた多佳は菜摘の顔を見て、にこりとした。

「よかった。菜摘様が来てくださらなければ、どうしようかと思いました」

「わたくしでお役に立てればよいのですが」

うながされるまま板敷に上がった菜摘は多佳の後に従いながら言った。多佳はほっとした表情で言った。

「いいえ、菜摘様でなければ診ることのできない患者なのです」

「それはどういう方でしょうか」

「お会いになればわかります」

多佳は奥の座敷へ菜摘を案内した。千沙も後からついてくる。

菜摘は廊下を歩きながら、竹林を抜けてくる清爽《せいそう》な風の匂いをかいだ。それはあるひとを思い起こさせた。

菜摘をいつも慈しんでくれたひとだ。なぜ、突然、あのひとのことを思い出したのだろう、と菜摘は不思議に思いながら、座敷の縁側に跪《ひざまず》いた。

多佳が部屋の中に、多佳でございます、と声をかけてから、障子を開けた。多佳はそれ以上の言葉を口にせず、目で菜摘をうながして部屋に入った。

部屋の真ん中に布団が敷かれ、男がひとり臥《ふ》せっていた。奥を向いて寝ているため、白髪混じりの髷《まげ》と日に焼けた首筋がわずかに見えるだけだった。

男は寝息をたてて寝ているようだ。

多佳は男の枕元近くに寄って、

「もし、起きてくださいまし」

と声をかけた。しかし、男は起きる気配がない。多佳は少しためらってから、布団に手をかけてゆすりながら、

「お医者様に来ていただいたのです。診ていただかなければ治る病も治りはいたしません」

と言った。男はかすかにうめいたようだった。

多佳がなおも布団に手をかけてゆすると、男は片方の手を布団から出して多佳の手を握った。

「疲れておる。もう少し、寝かせておいてくれ」

男は夢うつつのような、ぼんやりとした口調で言った。多佳は菜摘たちが見ている前で男に握られた手をあわてて引っ込め、取り繕うように言った。

「困ったおひとですこと」

だが、菜摘は男が多佳の手を握ったことよりも、男の声に聞き覚えがあることに愕然《がくぜん》としていた。

菜摘は多佳に顔を向けて恐る恐る訊いた。

「多佳様、まさかこの方は――」

多佳は菜摘の目を見て、ゆっくりとうなずいた。そして、あらためて、男に声をかけた。

「佐十郎様、起きていただかねば困ります。菜摘様があなたを診るためにわざわざお出《い》でくださったのですから」

「菜摘が？」

男ははっとしたようにつぶやいた。そしてむくりと体を起こして振り向いた。日に真っ黒に焼け、瘦せて頰がこけ、口のまわりに白髪混じりの髭を伸ばしている。

「養父上《ちちうえ》――」

菜摘の口から思わず言葉がもれた。男は菜摘が三歳のときに養女にもらわれ、十年間、親子であった竹内佐十郎だった。

佐十郎は江戸詰めだったおり、妻の松江《まつえ》が幼馴染《おさななじみ》の藩士と密通して駆け落ちしたため、妻敵《めがたき》討ちのため致仕して国を出ていた。

その際、菜摘を離縁して実家に戻したのだ。その佐十郎が十年ぶりに国に戻ってきた。しかも瘦せ衰えた無残な姿だった。

つめている。

佐十郎は追い詰められた獣がうかがうような暗い、猜疑心《さいぎしん》に満ちた目で菜摘を見

「菜摘なのか」

二

佐十郎は、この日、「菜摘なのか」とひと言口にしただけで、後は何も話そうとはしなかった。ただ、菜摘が診療するのは拒《こば》まず、おとなしく体を診せた。

菜摘は佐十郎の痩せた背中を診察しつつ、腎ノ臓や肝ノ臓が弱っていると感じた。それだけでなく、十年におよぶ妻敵討ちの旅の疲れがたまっており、衰弱がひどいのがわかった。

(放っておけば、一年はもたないお体だ)

灸を据えるのに耐えられるだけの体の力がない、と見た菜摘はとりあえず、佐十郎に鍼を打つことにした。

佐十郎は菜摘が鍼灸医だと聞くと、ひどく驚いた様子だったが、何も言わず、も

ろ肌脱ぎになっておとなしく鍼を打たせた。

　菜摘は鍼を打ちながら、痩せた佐十郎の背中にふれて涙が出る思いだった。

　佐十郎はまだ五十になったばかりのはずだが、肌の色艶は悪く、肉は削《そ》いだように落ちて六十過ぎの体に思えた。

（よほどのご苦労をされたに違いない）

　いましがた、菜摘だとわかったときも、何かを疑うかのような目を向けてきた。

　昔の佐十郎は明るく穏やかで、菜摘にやさしい父親だった。そのときに比べていまの佐十郎には野犬のような陰惨なものがこびりついている。

　多佳の手をいきなり握ったときには、なまめいたものがあるのかと思ったが、こうして裸の背を見ていると、精気は感じられず、間違いなく死期が近づいているひとの体だと思えた。

　菜摘は鍼を打ち終え、手ぬぐいで体を拭《ふ》いてから、

　――養父上
　と声をかけたが、佐十郎はうつむいたままで、菜摘が辞去の挨拶をして部屋を出るときも答えなかった。

養父上はどうされたのだろう、と思いながら菜摘は、多佳に案内されて中庭が見える八畳間に入った。やえがすぐに茶を運んできた。

多佳は茶を喫した後、菜摘に顔を向けた。

「ひさしぶりに佐十郎殿に会われて驚かれたでしょう」

菜摘は、はい、とうなずいてから、

「多佳様は養父上をご存じだったのですか」

「亡くなった主人が藩校のころからの友だったのです。佐十郎殿は妻敵討ちをされて十年ぶりに国許へ戻られても親戚に顔を出す気になれず、旧友であった主人を訪ねてこられたようです。ところが主人がすでに亡くなっていると聞いて、一度に気落ちされたのか、足も立たぬようになられましたので、ここで看病いたしております」

多佳は淡々と言った。

先ほど一瞬、多佳の手を握った佐十郎の様子からは、何か別なわけもありそうに思えた。だが、何かあるのですかと訊くわけにもいかず菜摘は黙った。すると、千沙が膝を乗り出して、

「ではあの方は妻敵討ちをされたのですか」

と勇ましい話を聞いたかのように言った。

多佳はゆっくりと頭を振った。

「佐十郎殿にとっては辛《つら》いことだったようですよ。昨年、東国でようやく逃げた奥方の松江様と密通相手の河合源五郎《かわいげんごろう》というひとを見つけて斬《き》ったそうですが、ふたりともすでに武家ではなく、町人となっていたということです」

「そうだったのですか」

菜摘は松江が町人になっていたと聞いて胸が詰まる思いがした。松江はどのような思いで暮らしていたのだろうか。

「家に踏み込んで、泣いて命乞いをするのを斬ろうとすると、ふたりともわれさきにと逃げて、たがいをかばおうとはせず、ひどく見苦しかったとのことです。それでも容赦せず、佐十郎殿は斬られたのです。それで佐十郎殿は妻敵討ちの旅に出たことをひどく悔いておられました。だから、あのようなことをされる気に――」

多佳は途中まで言いかけて口を閉じた。菜摘は、多佳が何を言おうとしたのか気になった。

「養父上は何をしようとしているのですか」

菜摘は身を乗り出して訊いた。多佳は口をすべらせたことを後悔したのか、

「菜摘様はすでに実家に戻られた身です。佐十郎殿のことをそこまで気にされるにはおよびますまい」

となだめるように言った。

「いいえ、養父上とは一度は親子の縁を結びました。養父も養母《はは》もわたくしにはとてもやさしくしてくださいました。わたくしにとってまことの父母同然の方たちだったのです」

菜摘は言い募らずにはいられなかった。

「それなのに養母が養父の留守に密通を働き、駆け落ちしたなど、いまだに信じられません。その養母を養父が斬ったなどあまりに悲しいことです。わたくしは養父の身になおも不幸があって欲しくはないのです」

菜摘がせつせつと訴えると、多佳は観念したように口を開いた。

「佐十郎殿が国へ戻られたのは果し合いのためだということです」

「果し合い?」

菜摘は目を瞠った。

「さようです。奥方が駆け落ちされて姿を消されたとき、佐十郎殿は憤りはされましたが、妻敵討ちをしようとは思われなかったようです。外聞も悪く、恥をさらすことになっても、奥方にはどこかで生きていて欲しいと思われたようです」

「養父上ならそうであったろうと思います」

「ところが、あるひとが佐十郎殿を、なぜ妻敵討ちをしないのだ、と執拗に責めたてたのです。そのひとは佐十郎殿が行かぬのなら、自分が代わりに行ってやろうかとまで言われ、妻敵討ちをしない佐十郎殿を腰抜け呼ばわりされたのです」

「そのようなことを――」

菜摘は佐十郎の無念な思いが胸に伝わってくる気がした。

あれほど仲の良い夫婦であったのに、裏切られた思いでいる佐十郎に酷《むご》い言葉を投げかけた者がいたのだ。

「佐十郎殿はたまりかねて、妻敵討ちをすると、そのひとに告げられました。そして妻敵討ちを果たしたあかつきには、あらためてそのひとと果し合いをするとまで言われたのです」

菜摘はため息をついた。

「それで果し合いをするために国に戻られたのですか」

「さようなのです」

多佳は表情を消して言った。千沙が多佳の顔をうかがい見た。

「して、竹内様が果し合いをされようとしているのはどなたなのでしょうか」

「佐十郎殿はそれを言われないのです。国に戻る前に相手には手紙を出しておいたから、すでに果し合いの日時と場所、刻限は承知しているはずだと言われるのみにて」

多佳の言葉を聞いて菜摘は膝を乗り出した。

「いまの養父上のお体ではとても果し合いなどできませぬ。どなたが相手であろうとも、立ち合えば斬られるだけです」

多佳は悲しげに菜摘を見つめた。

「それは、わたくしにもわかっています。だから、あなたに来ていただいたのです。あなたに佐十郎殿を止めて欲しいのです。もし、それが無理なら、せめて佐十郎殿を果し合いができる体にしてあげてください」

「そんな、立ち合って斬られるために治療をいたせと言われるのですか」

菜摘は息を呑《の》んだ。多佳はいったん目を閉じて押し黙ったが、やがて目を見開いて告げた。

「佐十郎殿はすでに相手に果し状を突き付けられたのです。そうであるからには、立ち合いの場には這ってでも行かれましょう。それが武士としての意地ですから」

多佳の口調には迷いがなかった。

「だから、せめて立ち合いの場に見苦しくなく立てるようにと言われますか」

菜摘は唇を嚙んだ。

「佐十郎殿に立ち合いをあきらめてもらうのが、もっともよいことだとわたくしは思っています。しかし、それができなかったとき、わたくしどもにできることはそれだけではないでしょうか」

多佳の声に厳しさがこもっていた。

この日、菜摘が瓦町の家に千沙とともに戻ると、すでに誠之助が帰っていた。

誠之助は居間で、どこかで買ってきたらしい紙袋入りのせんべいをかじりながら、黄表紙本をおもしろげに読んでいた。

背が高くがっしりとした体つきだが、どこかのんびりとした顔つきで、悠揚迫らぬという言葉が似合っていた。

菜摘は誠之助を見るなり、真正面にぴたりと座った。誠之助は驚いて黄表紙本から目を離して顔を上げた。

菜摘の後ろには千沙もかしこまって座り、軽く頭を下げて、

「誠之助様、ご機嫌よろしゅうございますか」

と肩ひじ張って挨拶した。

誠之助は千沙に向かって、ああ、とだらしなく口を開けて応じたが、菜摘の様子が気になったのか、せんべいから渋々、手を離し、黄表紙本を閉じた。

菜摘は誠之助が黄表紙本とせんべいをあきらめたのを見定めてから口を開いた。

「誠之助、あなたに頼みがあります」

「なんでしょうか」

菜摘のただならぬ口調に誠之助は緊張した表情になった。

菜摘は真剣な表情で言った。

「養父上が果し合いをされます。その相手を探して欲しいのです」

「なんですと、父上が果し合いを――」

誠之助は仰天した。

菜摘の実家の父、渡辺半兵衛は俳句と盆栽いじりを趣味として晩酌を欠かさないことだけを楽しみとしている至極、温厚な人柄で、ひとと争ったことなどない。まして剣術のほうはからっきしだった。

菜摘は苛立たしげに頭を振った。

「実家の父上ではありません。わたくしがかつて養女になっていた竹内佐十郎様です。たとえ、離縁されたといっても十年間育てていただきました。わたくしにとってはいまも養父上であることに変わりはありません」

そんなこともわからないのか、と決めつけるように姉に言われて誠之助は閉口したように、

「わかりました。しかし、竹内様は致仕されて国を出られたと聞いておりますが」

と言った。千沙が大きくうなずいて、

「ところが、このたび国許に戻られたのです。そして果し合いの約定《やくじょう》を果たされよ

うとしています。まことに武士らしきお振舞いかと存じます」

と言い立てた。誠之助はうんざりした様子で言葉を返した。

「ほう、ならば結構なことではございませんか。武士として果し合いをされるというのに、なぜわたしが相手を探さねばならないのです」

菜摘はじっと誠之助を見つめた。

「養父上は養母上が不義を働き、出奔されたため、永年、妻敵討ちの旅をされたのです。そして妻敵討ちを果たされて国許へ戻られました」

「それはめでたいことではありませんか」

何気なく誠之助が言うと、菜摘は畳をぴしゃりと叩いた。

「何を言うのですか。あなたにはひとの情がわからないのですか。養父上にとって妻敵討ちは、どれほど空しく辛いことであったとお思いですか。養父上が果し合いをしようとしている相手は、養父上に妻敵討ちをしないではいられないように仕向けたひとです。それなのにめでたいなどと、よく言えますね」

菜摘の傍らで千沙が大きくうなずいた。

「誠之助様は情け知らずです」

誠之助はうんざりした顔で答えた。

「わたしは情け知らずなどではありませんぞ。しかし、お話をうかがえば、果し合いは竹内様が望まれておるように思います。それなのに、相手を探してどうしようというのですか」

「養父上は永年の旅で病まれています。とても果し合いなどできるお体ではありません。ですから、果し合いの相手を突き止め、立ち合いをやめさせたいのです」

「では、姉上が果し合いをやめさせるとおっしゃるのですか」

誠之助は無理ではないか、という顔をした。菜摘はゆっくりと頭を横に振った。

「わたくしは養父上のお体を治療いたさねばなりません。あなたは塾へも行かず、ぶらぶらとしているのですから、わたくしに代わって果し合いの相手を突き止め、立ち合わないようにさせてください」

そう言った後、あなたは剣術も上手なのだから、それぐらいはできるでしょう、と付け加えた。

「姉上、そうはおっしゃられても」

誠之助が反論しようとすると菜摘はおっかぶせるように言った。

「あなたは居候《いそうろう》の身なのですよ。それとも実家に戻って、また厄介者になりたいというのですか」

菜摘に決めつけられて、誠之助はぐっと言葉が詰まった。確かに実家にいるより、姉の家にいるほうが気楽なのだ。千沙がにこりとして口を挟んだ。

「誠之助様、観念して姉上のお役に立ったほうがよいと思います。わたしもお手伝いいたしますから」

誠之助は迷惑そうに言った。

「千沙殿も果し合いの相手を探すのを手伝うと言われるのか」

「はい、さようです。わたしも暇な身の上ですから。それにお手伝いしながら、ご相談したいこともございますし」

千沙はさりげなく言った。菜摘はなんでもないことのように言い足した。

「そうです。誠之助は千沙さんに手伝ってもらうお礼に、相談にのってあげたほうがいいでしょう」

「はあ」

誠之助はなんのことかわからないながらも仕方なくうなずいた。菜摘と千沙は目を見かわしてうなずき合った。

夜になって、菜摘は長崎の亮に手紙を認《したた》めた。

かつての養父である竹内佐十郎が、突然帰国し、命を懸けた果し合いをしようとしていると書いた。そして佐十郎の体は病魔に蝕《むしば》まれており、なんとか助けるために知恵を貸して欲しいと綴った。

手紙を書きつつ、菜摘は佐十郎の体を診たときのことを思い出した。このままいけば、一年もたない、いや、数カ月の命ではないか、というのが菜摘の診立てだった。

しかし、そんなことは信じたくなかった。亮ならば、新しい蘭方医術で佐十郎を助けることができるのではないか。

そう思うと、すぐにでも博多に帰ってきて欲しいと手紙に書きそうになった。だが、それでは亮の学問修業の妨げになると思って、懸命に我慢した。

手紙を書き終えた菜摘はいつの間にか文机《ふづくえ》にうつぶせになって、うとうととした。

昼間、佐十郎に会った衝撃でひどく疲れていた。それとともに、佐十郎の変わり果てた姿に涙があふれる思いだった。

かつて佐十郎はやさしく、精悍《せいかん》で、松江は美しくてやさしく、菜摘にとって誇らしい両親だった。

（それなのに、どうしてこんなことに——）

菜摘は夢の中で泣いた。年が長《た》けて娘になったころ、将来、夫にするなら養父上のようなひとがいい、とひそかに願ったことを思い出した。

寝ている菜摘の目から涙がこぼれて頰を伝った。

三

翌日から菜摘は、多佳の庵に通って、かつての養父竹内佐十郎に鍼を打った。

診るにつけ、佐十郎の体は衰弱しているのがわかった。とても果し合いなど無理だ、と佐十郎に言いたかったが、口を開こうとするたびに、傍らの多佳が目で制した。

治療を終えて、佐十郎が臥せる部屋の隣室で多佳と向かい合ってから、

「養父上が果し合いをしようとしている相手を知る手がかりは何かないでしょうか。相手さえわかれば、止める手だてもあろうかと思います」

と訊いた。先日の様子では佐十郎は多佳に心を許しているように思える。多佳ならば詳しいことを知っているはずだ、と菜摘は思った。

多佳は白い額に落ちた髪の毛をしとやかになであげながら、

「知る手だてと言っても――」

とつぶやいた。しばらくして、菜摘に顔を向けた多佳は、

「横目付《よこめつけ》の田代助兵衛《たしろすけべえ》殿にお訊きしてはいかがでしょうか」

「田代様でございますか?」

田代助兵衛は七十石の軽格だが、年齢は五十過ぎで、昔から横目付を務めていることは菜摘も知っていた。

横目付は藩士の非違を見張る役職で、色黒で小柄な助兵衛はいつもひっそりと陰に隠れて藩士の様子をうかがっている印象があることから、

――鼬《いたち》の助兵衛
などと悪口を言う者もいた。

「田代殿は、佐十郎殿と同じ年頃で、生家も近く、親しいというほどではなかったと思いますが、それでも横目付として妻敵討ちの経緯《いきさつ》をご存じのはずです」

多佳に言われて、菜摘はふと、昔、竹内家を訪ねてきた男のことを思い出した。小柄で色黒だった男は佐十郎に馴れ馴れしく話しかけていた。しかし、佐十郎が男を好んでいないことは、幼な心にもわかった。男が帰った後、佐十郎は、吐き捨てるように、

「鼬め」

と言ったのだ。

その言葉が日頃、温厚な佐十郎に似つかわしくない激しいものだったことと、辞去していった男の渾名《あだな》として、鼬というのはいかにもふさわしいと思ったことが菜摘の記憶に残っていた。

「それなら、わたくしの弟に田代様を訪ねさせましょう」

菜摘が言うと、多佳はうなずきながらも何事か案じる顔になった。

「それはよろしゅうございますが、佐十郎殿がこの庵にいることは、伏せられますよう。佐十郎殿の果し合いの相手はどのようなひとかわかりません。もしかすると、

果し合いなどせずに、佐十郎殿を闇から闇に葬りたいと考えるかもしれませんから」

多佳の言葉に菜摘はどきりとした。

考えてみれば、多佳の言う通りで、佐十郎が果し合いをしようとしている相手は、病身の佐十郎と戦うことよりも、このようなもめ事が家中に知られることを恐れるかもしれない。もし、相手が身分のある者であれば、ひそかに佐十郎を始末しようとすることも考えられた。

「では、田代様をお訪ねしないほうがいいのでしょうか」

菜摘は不安になった。

「いいえ、もし、佐十郎殿の果し合いの相手を探ろうとするなら、田代殿の助けがいると思います。それにあのひとは変わり者で通っていますから、佐十郎殿のこともひとに話さないでいてくれるでしょう」

「変わり者とは、どのような？」

首をかしげて菜摘は訊いた。多佳は含み笑いをして答えた。

「ひねくれ者で意地悪な方です。ひとの弱みを握るのが好きなのだと思います。ですから、ひょっとして藩のお偉方が佐十郎殿の果し合いの相手かもしれないと匂わせれば、喜んで調べてくれると思います」

「まあ、さような方ですか」

菜摘は戸惑った。そのようなひねくれ者に頼み事をしても大丈夫なのだろうか。

「そんなひとでは困りますか」

多佳は笑みを含んだ目で菜摘を見つめた。菜摘は、思い直してゆっくりと頭を横に振った。

「いいえ、わたくしの弟の誠之助も変わり者ですから、ちょうどよろしいかと。それに千沙さんが誠之助を手伝うとおっしゃっていますし」

「まあ、それでは変わり者が三人、そろうことになりますね」

多佳はおかしそうに笑った後、ふと真顔になった。

「そういえば千沙さんに縁談があるのをご存じですか」

「はい、どうやら、千沙さんはそのことを誠之助に相談したい風でございました」

「誠之助殿に――」

娘が縁談について若い男に相談したいと思っていることの意味を多佳は察したら

しく微笑んだ。そして、しばらくして口を開いた。

「とてもよい縁談だと聞いていますが、千沙さんは気に入らないのでしょうね」

「福岡の医師のご子息だとうかがいましたが」

「はい、関根《せきね》寛斎《かんさい》様の長男の英太郎《えいたろう》殿という方だと聞いています。関根様の妹御は勘定奉行の峰次郎右衛門《みねじろうえもん》様に嫁いでおられます。ですから英太郎殿は峰様の縁戚にあたられます」

「峰様といえば、出頭人として聞こえたお方でございますね」

菜摘は驚いた。千沙にもたらされているのは、かなりの良縁のようだ。

「はい、間もなく家老になられましょう。藩校のころ、佐十郎殿と並び称された秀才でしたが、おふたりの境遇はあまりにも変わってしまいました。十年前までは違っていたのですが」

多佳は意味ありげに言った。

「養父上と峰様は競争相手だったのでしょうか」

菜摘ははっとして訊いた。

「峰様が勘定方で頭角を現され、佐十郎殿は江戸藩邸の側用人《そばようにん》のひとりとしてお役を務めておられました。重職につかれるのは、後一歩というところだったのではございますまいか」

多佳は思い出すように言った。

「もしや、峰様が養父上の果し合いの相手だということはあるのでしょうか」

「わかりません。佐十郎殿と出世を競っていた方は、峰様だけでなく、ほかにもいたそうです。亡くなった夫がさように申しておりました」

「嘉村様がさように仰せでしたか」

菜摘が何気なく言うと、多佳は庭に目を遣った。

「亡き夫も競争相手のひとりであったかもしれません。それだけに佐十郎殿が致仕されて、妻敵討ちの旅に出られた後、やはり止めるべきであった、とわたくしにもらしたことがございます」

多佳の夫である嘉村吉衛は、家中でも秀才として知られたひとだと菜摘は聞いていた。吉衛は佐十郎の妻敵討ちにまつわる裏の事情を知っていたのだろうか。

「嘉村様はほかに何かおっしゃられませんでしたか」

「いいえ、何も。でも、夫はなにやら佐十郎殿に後ろめたい思いを抱いていたのではないか、という気がいたします。わたくしがかように佐十郎殿のお世話をいたすのも、夫の罪滅ぼしのためかもしれません」

多佳はつぶやくように言った。菜摘はうなずきながらも、多佳が佐十郎に寄せる心情にはそれだけではない深いものがあるような気がした。しかし、それを口にしてはいけないと思った。

菜摘は思いをめぐらせつつ、待月庵から帰った。誠之助に田代助兵衛を訪ねさせようと考えていた。


誠之助が、非番で屋敷にいる田代助兵衛を訪ねたのは二日後のことだった。

「鼬の田代様の屋敷なら、わたしは存じております」

と言って千沙が田代屋敷への案内役を買って出た。助兵衛の渾名が鼬だということまで千沙が知っていることに菜摘は驚いた。

「だって、わたしの家に怪我人がかつぎ込まれると、刃傷沙汰ではないのか、と探りに来られたことがございました。その顔が鼬そっくり」

千沙は平気な顔で言ってのけた。

いつもの男装をした千沙が武家屋敷の小路を颯爽《さっそう》と歩き、誠之助はその後からのんびりとついていく。

千沙は小路の奥まったところにある屋敷の門前で足を止めて振り向いた。

「誠之助様、この屋敷です」

千沙は道案内ができたことが嬉しそうに言った。誠之助はぼんやりと屋敷を眺めてから口を開いた。

「千沙さん、田代様の屋敷を道案内していただきありがとうございました。ただいまより、田代様に会いますので、もはやお引き取りください」

誠之助が言うのを聞かずに、千沙は脇をすり抜けた。誠之助が目を瞠ったときには、千沙は門内に向かって、

「お頼み申します」

と甲高い声で告げていた。しかし、屋敷の中から応《こた》える声はなかった。誠之助は迷惑気な顔で、

「千沙さん、ここからはわたしひとりで大丈夫だと申し上げたはずです」

と言った。千沙は顔を突き出すようにして答える。

「誠之助様おひとりでは、案じられます」

「なぜ、案じられるのですか」

誠之助はむっとした。千沙は平気な顔で言葉を継いだ。

「だって、田代様から、そんなことは知らん、と言われたら、素直に引き下がってしまいそうですから」

「ご存じなければしようがないではありませんか」

「それではだめです。粘らなければ」

千沙は子供を諭《さと》すように言った。

「粘る？」

誠之助はいかにも面倒くさそうな顔をした。千沙は重々しくうなずく。

「それでなければ、本当のことはわかりません。相手は鼬などという渾名があるそうではありませんか。とても一筋縄ではいきません。誠之助様はひとがよすぎてだまされると思います」

「そんなことはありません」

誠之助が声を大きくしたとき、

「うるさい」

と男の声がした。見ると、門内に小柄で色黒の男が着流し姿で立っていた。田代助兵衛だ。三白眼で誠之助と千沙を睨みつけている。

「ひとの屋敷の前で男女が口論するとは何事だ。痴話喧嘩なら家に帰ってやれ」

男装の千沙が女だとひと目で見抜いたらしい助兵衛は決めつけるように言った。

誠之助は気を取り直して、助兵衛に丁重に頭を下げた。

「お初にお目にかかります。郡方、渡辺半兵衛の次男にて誠之助と申します。本日はおうかがいいたしたきことがありまして参上しました」

助兵衛は、ふん、と鼻を鳴らしただけで、千沙に顔を向けた。

「そなたは、博多の医師、稲葉照庵の娘だな」

「わたしをご存じですか」

千沙は顔を輝かせ、得意気に誠之助を見た。しかし、助兵衛は仏頂面をして、

「女だてらに男姿で往来を闊歩《かっぽ》し、しかもひとの屋敷の門前で男と口論いたすような、はねっ返りは、ほかにおるまい」

と蔑《さげす》むように言った。千沙が顔を赤くして何か言おうとしたとき、誠之助が大声

で笑った。

「なるほど、さようでございますな。しかし、それほど、わたしどものことをご存じでしたら、お訊きしたいことにもお答えいただけると存じます」

誠之助は有無を言わさぬ様子で門内に足を踏み入れた。助兵衛は目をむいたが、すぐにあきらめたらしく、入れ、と言って背を向けた。

誠之助はその後から続き、千沙も後を追った。


助兵衛の屋敷は女手がないのか、掃除が行き届いていなかった。天井の隅から蜘蛛《くも》の巣が垂れ下がっており、畳も随分、取り換えていないらしく、じめっとして踏むと気持ちが悪かった。

助兵衛は中庭に面した客間らしい部屋にふたりを通して、床の間を背に座りながら、

「座れ——」

と、ぶっきらぼうに言った。誠之助と千沙が助兵衛と相対して座っても、黙ったまま煙草盆を引き寄せて煙管《キセル》をくわえ、煙草を吸い始めた。

誠之助も平気な顔で口を開こうとはしない。千沙がたまりかねて、

「あの、お茶を頂戴できますか」

と言うと、助兵衛は驚いたようにまじまじと千沙の顔を見た。

「押しかけてきておいて、茶を所望するのか。ここは茶店ではないぞ」

千沙はにこりとして答えた。

「日盛りを歩いてきてのどが渇きましたので」

「のどが渇いたから茶が飲みたい、か。まるで幼な子だな」

助兵衛はあきれた顔をしながらも、待っておれ、と言って立ち上がった。しばらくして戻ってきた助兵衛の後ろには、家僕らしい白髪の腰の曲がった老爺《ろうや》が茶碗をのせた盆を抱えてしたがっていた。

「弥助《やすけ》、その娘が生意気にも茶を飲みたいと申したのだ」

助兵衛は千沙を指差してから、意地悪そうに言った。

「まったく、かような年寄りをこきつかって平気なのだから、近頃の娘はかわいげがないのう」

千沙はあわてて立ち上がると、弥助の手から盆を受け取ろうとした。だが弥助は

穏やかな笑みを浮かべて断り、誠之助と千沙の前に茶碗を置きながら、

「旦那様のおっしゃることはお気になさらずに。ひとの気に障ることをおっしゃるのは、お子様のころからの癖みたいなものですから」

「弥助、よけいなことを言うな」

助兵衛は座って腕を組んだ。誠之助は何も聞かなかったかのように、ゆっくりと茶を飲んだ。

千沙は茶碗を取ろうとした手を止め、座敷を出ようとしている弥助に声をかけた。

「田代様のお茶がございませんが」

弥助は振り向いて平気な顔で答えた。

「旦那様は贅沢《ぜいたく》だと仰せられて、茶は飲まれないのです。のどが渇いたら井戸端で水を飲まれます」

頭を下げて弥助が出ていくと、千沙は感心したように言った。

「質素倹約に努めておられるのですね」

助兵衛はじろりと千沙の顔を見た。

「吝嗇《りんしょく》だと思ったのであろう。正直に言え」

千沙は頭を振って答えた。

「いえ、まことに吝嗇でしたら、前触れもなく訪れた客に、茶を出されないでしょう。まことに質素を心がけていらっしゃるのだと思います」

助兵衛がふん、と鼻を鳴らすと、誠之助が口を開いた。

「きょう、おうかがいいたしたのは、竹内佐十郎様のことをお尋ねいたすためでございます」

「竹内佐十郎だと」

助兵衛の目がきらりと光った。

「竹内佐十郎様が妻敵討ちの旅から戻られたのはご存じでしょうか」

「致仕したとはいえ、元藩士が領内に入ったことは関所破りでもせぬ限り、目付方の報告がある」

「それで、藩ではどうされるのでしょうか」

「どうする、とはどういうことだ」

「竹内様は妻敵討ちをして戻られたのです。昔のように御家に仕えるわけには参らぬのでしょうか」

誠之助が確かめるように言うと、助兵衛は笑った。

「寝言を申すな。逃げた女房と相手の男を斬ったとて、藩にとっては何の手柄でもない。むしろ、戻らぬほうがよかったと藩のお偉方は思っておられよう」

「さようですか。では、たとえば、竹内様が戻らぬほうがよいと思われておられるのはどなたでしょうか」

助兵衛はじろりと誠之助の顔を見た。

「なぜ、さようなことを訊くのだ」

「いえ、ただ竹内様が藩に戻られるにはどうしたらよいかと思いまして」

誠之助がもってまわった話し方をすると、千沙が痺《しび》れを切らしたように言った。

「なぜ、竹内様に妻敵討ちを唆《そそのか》したのは誰なのだと訊かれないのですか。さような訊き方では日が暮れてしまいます」

千沙の言葉を聞いて、誠之助はため息をつき、天井を見上げた。助兵衛は、ははん、という顔をして笑った。

「そうか。訊きたいのは、そのことか。竹内佐十郎が妻敵討ちの旅に出たおりにも、竹内は罠《わな》にはめられて国を出ることになったなどと申す者がいた」

「まことでございますか」

誠之助は膝を乗り出した。しかし、助兵衛は手を振って、

「わしは知らん」

と言うだけだった。そのくせ、助兵衛は、いかにも知っているぞと言わんばかりの顔で、にやにやと笑うのだった。

誠之助はうなり、千沙は助兵衛の顔を睨みつけた。

四

「それで、すごすごと帰ってきたのですか」

夕方になって、誠之助が助兵衛の話をすると、患者の治療を終えてひと休みしていた菜摘は冷たく言った。

「まあ、すごすごというか、相手が話してくれないのですから仕方ありませんな」

誠之助が憮然《ぶぜん》として答えると、千沙が横合いから口をはさんだ。

「誠之助様はあきらめが早すぎます。もう少し、しつこく訊かなければ、答えるひ

とはおりません」

誠之助がため息混じりに、

「だから、遠回しに訊こうとしていたのを千沙殿が焦って訊いたから、田代様はわたしたちが何を訊こうとしているか悟ってしまったのです」

と言うと、菜摘は叱る口調になった。

「誠之助、男子たるもの、言い訳は見苦しいですよ。竹内の養父上の病は予断を許さないものがあります。果し合いなどなされれば、間違いなく命を落とされるでしょう。この話にはひとの命がかかっているのです。しっかりしてもらわなければ困ります」

はあ、それはわかっております、と誠之助は口の中でもごもご言った。すると、千沙が膝を乗り出して、

「菜摘様、わたしがついておりながら、申し訳ございませんでした。明日から、わたしは誠之助様とともに足が棒になろうとも、竹内様の果し合いの相手を捜します」

と力強く言った。菜摘が嬉しげに答える。

「ありがとうございます。千沙さんがそれほどまでに思ってくだされば、わたくしも心丈夫です」

菜摘と千沙がうなずき合う様子を見ながら、誠之助は、遠慮がちに言った。

「わたしはできれば、ひとりで調べてまわりたいのですが」

菜摘と千沙が、このひとは何を言うのだろう、という目で誠之助を見たとき、玄関先から、

――ご免

という男の声がした。もう、診療の時間は終わったのに、と菜摘が立ち上がろうとしたとき、誠之助が手で制した。

「姉上、いまの声は田代助兵衛様のようです。わたしが出て参りましょう」

誠之助はすっと立ち上がると、玄関に行った。話し声が聞こえたかと思うと、誠之助は武士を伴って戻ってきた。

武士はやはり、田代助兵衛だった。助兵衛は千沙に、にやりと笑いかけてから、菜摘に向かって、

「横目付の田代助兵衛じゃ。ちと訊ねたいことがあって参った」

と、にわかに厳しい声で告げた。助兵衛はそのまま上座に座ると、

「昼間、このふたりが異《い》なことを訊きに参ったので、調べる気になった。竹内佐十郎殿はこの家におるのか」

「いえ、ここにはおられません」

菜摘が答えると、助兵衛は問い重ねた。

「ならば、どこにおる」

「申し訳ございませんが、事情があってお教えいたすことができません」

菜摘は毅然として答えた。

「ほう、横目付たるわしが訊ねておるのだぞ。それでも答えられぬというのか」

「わたくしは医者でございます。なにより患者の命を守らねばなりません」

なおも佐十郎の居場所を明かすことを拒む菜摘の顔を助兵衛は穴の開くほど見つめてからつぶやいた。

「そうか、竹内殿は重い病だということか」

菜摘はこれ以上のことは言うまいと口をつぐんだ。助兵衛は腕を組んで、皮肉な目で誠之助と千沙を見遣った。

「さて、どういうことであろうか。竹内殿はかつて罠にかけた相手に報復するために国に戻ったのではないかと見たが、病ということになると、少し話は違ってくるな」

誠之助は身じろぎして答えた。

「さようです。竹内様は復讐などできぬお体です」

「しかし、後ろめたい気持ちの者がおれば、国に戻った竹内殿を放っておかぬかもしれぬ。それを案じておるのか」

助兵衛は目を菜摘に転じた。菜摘は返事に困ったが、やむなく、はい、さようでございます、とうなずいた。

「なるほど、それゆえ、竹内殿を陥れた者を探ろうというわけだ」

助兵衛がうなずくと、菜摘は思い切ったように言った。

「竹内様はその方と果し合いをされるおつもりのようです」

助兵衛は目をむいた。

「果し合いだと。どういうことだ」

「妻敵討ちに出る際、その方に申し込まれたそうです。妻敵討ちを果たしたならば、立ち合いたいと」

「ほう、それは、それは――」

助兵衛はおもしろい話を聞き込んだと満足気な顔になった。

「事情はおわかりいただけましたでしょうか」

菜摘が訊くと、助兵衛は大きくうなずいた。

「わかったとも。せっかく竹内殿のことを教えてくれたゆえ、わしもおもしろい話を聞かせてやろう」

「なんでございますか」

菜摘は首をかしげて助兵衛を見つめた。助兵衛は舌なめずりしてから話し始めた。

「実はな、竹内殿の妻女と河合源五郎が姿を消したとき、誰も駆け落ちしたなぞとは思わなかったのだ」

「なぜでございましょう」

菜摘は首をかしげた。

「ふたりが知り合いだということも誰も知らなかった。河合源五郎はあのころ三十五、六だったはずだが、嫁ももらわずに独り身だった。勘定方にいたが、地味で目立たぬ男だ。その男がひとの女房と駆け落ちするなど、初めは誰も信じなかった」

「それなのに、どうして駆け落ちだとわかったのでしょうか」

菜摘は眉をひそめた。菜摘が物心つくころから、養母として十年間育ててくれた松江はととのった顔立ちではあったがおとなしいひとで、とても不義密通を働くなどとは思えなかった。

「ふたりが行方知れずになって、しばらくして、妻女と源五郎が竹内家の墓がある寺で忍び逢っているのを見たという者が出てきてな。それから次々に旅姿の男女が竹内屋敷から出ていくのを見た、ふたりが街道を行くのを目にした、さらには霧深い峠を越えていく男女を見たなどと言い出す者まで出てきた」

「それが、おふたりが駆け落ちする姿だったのですか」

「まあ、そうだろうな。しかし、奇妙なことに、誰もはっきりと顔を見た者はおらん。峠越えをするふたりを見た者など、白い霧の中を行く男女を見たというに過ぎん」

助兵衛はあごをなでながら訝《いぶか》しそうに言った。

「では、もしかすると、別人だったかもしれないのですか」

　菜摘はいまも信じられない気持ちでいるだけに、ふたりが駆け落ちする姿をはっきり見た者がいないということが気になった。助兵衛は腕を組んで答えた。

「そうは言っておらん。実際にふたりはいなくなったのだ。いずれにしても国境《くにざかい》の峠を越えていったことに間違いはないからな。それに、竹内殿は妻敵討ちを果たして帰国いたしたのだろう。だとすると、ふたりが駆け落ちをしておったことに違いはないはずだ」

「それはそうですが」

　菜摘が黙り込むと、誠之助が口を開いた。

「いずれにしましても、田代様は、竹内様に妻敵討ちを唆した方に心当たりがおありなのですね」

「そんなものはない」

　助兵衛は平然と答えた。千沙は膝を乗り出して言った。

「嘘でございます」

「嘘だと？　武士に向かってとんでもないことを言う女子だ」

助兵衛が軽く言い返すと、千沙はむっとした表情で答えた。

「ですが、先ほどからうかがっていますと、田代様は何事か気づいておられるのではないかという気がいたします」

「さあてな」

助兵衛はあごに手をあてて考えてから、

「そなた、稲葉照庵の娘であったな」

といまさらのように言った。

「さようです。それがどうかいたしましたか」

「近頃、藩医の関根寛斎殿の長男と縁談が進んでいるという娘は、そなたか」

助兵衛は千沙をじろじろと見て、馬鹿にしたように言った。

千沙は憤然として答える。

「さようなお話もあると聞いておりますが、まだ、何も決まっておりません」

力強く言い切った千沙は、ちらりと誠之助を見てから付け加えた。

「でも、決めてもおかしくはないのです。先方は望んでいらっしゃるので、わたし次第で決まると思います」

「なら、さっさと決めたらどうだ。そなたにそれ以上のいい縁談があるとは思えんぞ。関根寛斎殿の息子なら勘定奉行の峰次郎右衛門様の縁戚だ。嫁いで損はない」

助兵衛はずけずけと言った。

「田代様にさようなことを言われる筋合いはございません」

縁談の話を聞いても誠之助が表情を変えないのを見て、千沙は少しふくれ顔になりながら言った。

「だが、竹内殿の一件に首を突っ込んでいると縁談にも障りが出るかもしれぬぞ」

助兵衛は思わせぶりなことを言った。誠之助が膝を乗り出して訊いた。

「それはいかなることでしょうか」

「竹内殿の一件には誰が絡んでおるかわからぬということだ。思わぬことが飛び出るかもしれぬぞ」

菜摘は手をつかえて頭を下げた。

「竹内様が誰と立ち合おうとされているのか調べる手助けをしてくださいませんでしょうか。お願いいたします」

助兵衛は、するとも、しないとも言わずに、

「おもしろい話ではあるな。藪《やぶ》を突《つつ》けば思わぬ蛇が出るかもしれぬ」

とつぶやいた。すかさず、千沙が言い添えた。

「出るのは、鼬かもしれません」

鼬と聞いて、助兵衛は嫌な顔をした。鼬が自分の渾名であることを知っているのだろう。誠之助が困った顔をして、

「申し訳ございませぬ。千沙殿は思ったことを口に出しますので」

と頭を下げた。助兵衛は冷たい目で誠之助を見つめた。

「鼬が出るとこの娘が言ったことで、なぜ、わしが詫びられるのだ。とんとわからぬが」

誠之助は、さてそれは、と額に手をあてた。誠之助を陰険な目で見つめた助兵衛はしばらくして、気を取り直したのか、

「手助けはしてやってもよいぞ」

と言った。菜摘は顔を輝かせた。

「まことでございますか」

ああ、まことだとも、と大仰にうなずいてみせる助兵衛の顔つきは、獲物を狙う

魍のようだった。

このころ待月庵では、すでに寝ていた佐十郎が何かにうなされて、うめき声をあげた。

多佳が部屋に入り、佐十郎の枕元に座って声をかけた。

「もし、佐十郎様、大丈夫でございますか」

佐十郎はぼんやりと目を開いた。額に脂汗が浮いている。

「夢か――」

「どのような夢を見られたのですか」

多佳がやさしく訊ねた。

「松江を斬った夢だ」

「奥方様を――」

多佳は眉をひそめた。

「すでに妻ではなかった。ただの見知らぬ女だった。世に隠れて、ひっそりと生きていただけの女子をわたしは斬った」

「いたしかたのなかったことでございます」

多佳が慰めると、佐十郎は頭を振った。

「さようなことはない。松江には何の罪もなかった。わたしはそのことを知りながら斬ったのだ」

慚愧《ざんき》の念がこもった口調で佐十郎は言った。

「佐十郎様、それを仰せになられますな」

多佳は眉をひそめて悲しげな顔になった。

「罪があったのはわたしだ」

佐十郎は布団から右手を出して多佳に差し伸べた。多佳がその手をそっと握った。

ふたりの間には通い合うものがあった。佐十郎は、悔しげにつぶやいた。

「だからこそ、わたしはあの男が許せないのだ」

多佳はじっと佐十郎を見つめた。

「佐十郎様が許せないとお思いなのは、どなたなのですか」

「言えぬ」

暗い天井を眺める佐十郎の声が虚《うつ》ろに響いた。

五

菜摘のもとに、長崎にいる夫の亮から手紙が届いた。

佐十郎の症状を案じて治療法についていくつかの意見が述べられていたが、

――何分にも本人の気力が肝要
と半ばあきらめたようなことも書かれていた。そんなことは、わかっているのに、と菜摘は不満だった。それよりも早く博多に戻ってきてくれたらいいのに。

亮からの手紙はほぼ蘭方医学のことで占められて、菜摘を気遣うことなど、隅から隅まで読んでもひと言も書いていない。

「まったく、もう――」

亮が学問に夢中になる男だとはわかっていたが、妻への気遣いがもう少しあってもいいのではないだろうか、と菜摘は思った。

それでも亮が長崎で懸命になって学問修業をしていることは、菜摘の励みにもなった。読み終えた手紙を手文庫にしまった菜摘は往診の支度をした。

佐十郎の治療に赴くのは三日ぶりだ。少しずつ回復しているようにも思えるが、顔色がよくなったと思って安心していると、すぐに熱を出し、食べたものを吐くなどして元の木阿弥だった。

菜摘は治療を続けながら、佐十郎の病状は妻敵討ちの旅の辛苦による疲れだけでなく、胃ノ腑にあるしこりのためではないか、と思うようになっていた。もし、そうだとすると、佐十郎の命は長くはない、と菜摘はひそかに悲嘆していた。

せっかく看病してくれている多佳のためにも佐十郎を元気にしてやりたい。

だが、このままでは細くなった蠟燭《ろうそく》の火が消えるように、佐十郎の命はある日ふと途絶えるかもしれない。だからこそ、佐十郎は帰国して果し合いをすることにこだわったのではないか。

佐十郎は何も話さないが、果し合いの相手を決して許すことができない、と思い定めているのだろう。

そう思うと誠之助に一日でも早く、佐十郎が果し合いをする相手を突き止めて欲しいとあらためて菜摘は思った。果し合いをさせずに、佐十郎の思いを果たす方法があるのではないだろうか。あるいは、そのことが、亮が書いてきた、

――何分にも本人の気力が肝要
ということにつながる気がした。いまの佐十郎に気力を奮い起こさせるには、それしかないと思えるのだ。
菜摘は薬箱を持って家を出た。

平尾村の待月庵に着いて訪いを告げると多佳が出てきた。多佳の表情が明るいのを見て、菜摘は急いで訊いた。

「養父上はお加減がよろしいのですか」

多佳はにこりとしてうなずいた。

「きょうはお友達が見えておいでなのです。それで、元気が出られたようで、寝床で起き上がられてお話をされています」

菜摘はほっとしながら、多佳について中庭に面した座敷に入った。多佳の言った通り、佐十郎は寝床に起き上がり、久しぶりに見る笑顔で総髪の男と話していた。

菜摘は座敷の隅に座ったが、男の横顔を見て思わず、

「暁斎《ぎょうさい》先生――」

と声をあげてしまった。男は城下で私塾を開いている、

――間部《まなべ》暁斎
だった。そう言えば、暁斎は佐十郎とは幼馴染で、菜摘がまだ竹内家にいたころも、よく訪ねてきては酒を飲んで歓談していた。

菜摘の声に驚いたように暁斎は振り向いた。そして、にこりとして、

「おお、菜摘殿か。此度《こたび》は佐十郎が面倒をかけておるそうだな。わしからも礼を言うぞ」

と言った。暁斎の温かい言葉に菜摘は涙ぐみそうになった。妻敵討ちの旅に出て、帰国してからも誰にも会おうとしない孤独な佐十郎にも案じてくれる友がいるのだ、と思うと嬉しかった。

「ご無沙汰をいたしております」

菜摘が頭を下げると、暁斎は、ははは、と笑った。

「わしは十年前に体を悪くして、半ば隠居同然となったゆえ、佐十郎が国を出るときも会わず仕舞いだった。多佳殿から佐十郎が病で療養しておると聞いて、矢も楯もたまらずやってきた次第だ」

菜摘は微笑んでうなずいた。

「さようでございましたか。わたくしもかように元気そうな養父を見るのは、久しぶりでございます」

「そうか。ならば、菜摘殿からも言うてくれぬか。果し合いなどと無茶なことは止めよとな」

暁斎は笑いながら、佐十郎を振り向いた。佐十郎は穏やかな表情のまま、

「そうはいかぬ。わしの命が長くないことはわかっておる。それだけになさねばならぬことがあるのだ」

と言った。

「佐十郎――」

暁斎は言葉を継ごうとしたが、病み衰えた佐十郎にそれ以上の言葉をかける気になれなかったらしく、口をつぐんだ。しばらく、痛ましそうに佐十郎の顔を見ていた暁斎はやがて大きなため息をついた。

「きょうはこれまでにしておこう。また来るゆえ、わしの申したことを、よく考えておいてくれ」

暁斎は言い残して立ち上がった。佐十郎はうなずいて、

「わしの考えは変わらぬが、お主と話せるのは嬉しい。また来てくれ」

と言った。暁斎は、おう、とひと声だけ告げて座敷を出た。菜摘は多佳とともに玄関まで暁斎を見送りに行った。

暁斎が、多佳に辞去の挨拶をしたとき、菜摘は思い切って訊いた。

「暁斎先生、養父はどなたと果し合いをしようとしているのでしょうか。心当たりはございませんか」

暁斎は少し考えてから口を開いた。

「わしは黒田家に仕えておらぬゆえ、詳しいことはわからぬ。だが、十年前、佐十郎と出世を争っておったのは、いまの勘定奉行峰次郎右衛門と郡奉行の佐竹陣内《さたけじんない》、それに側用人の高瀬孫大夫《たかせまごだゆう》の三人だ」

「いずれも家中の出頭人の方ばかりでございますね」

「そうだ。三人の中でも佐十郎と仲が悪かったのは高瀬孫大夫だな。しかし、佐十郎が孫大夫を果し合いの相手に選ぶとは思えぬな」

「なぜでございますか」

暁斎は笑った。

「知らぬのか。孫大夫は若いころから丹石《たんせき》流剣術の遣い手として知られておる。たとえ佐十郎が病身でなくとも、とても歯が立つ相手ではない。もし、遺恨があったとしても果し合いを申し込む相手ではないな」

孫大夫が剣の達人だと聞かされて、菜摘はぞっとした。

これからの治療で佐十郎が快復したとしても、もし孫大夫が果し合いの相手なら、無惨に斬られるだけなのだ。

暁斎は多佳に顔を向けて、失礼いたす、と言った後、背を向けた。そして振り向かずに、

「佐十郎にとって多佳殿に看病してもらえるのは何よりでござる。せめて最期は多佳殿に看取《みと》られたいであろうからな」

と言って玄関から出ていった。

暁斎の言葉の意味が菜摘にはよくわからなかったが、多佳の深沈とした表情を見て胸を突かれた。やはり、佐十郎と多佳の間には何かがあるのだ、と菜摘は思った。

この日、菜摘が家に戻ると、座敷には誠之助と千沙、それに田代助兵衛がいた。誠之助はなぜか頭にたんこぶを作っており、千沙が膏薬《こうやく》を張っていた。

膏薬を頭にのせた誠之助の顔がひどく間の抜けたものに見えて、菜摘はくっと含み笑いをした。誠之助は不機嫌そうに菜摘を振り向いた。

「姉上、なぜ笑われるのです。これは姉上のお言いつけに従って竹内様の果し合いの相手を探していて負った、名誉の負傷ですぞ」

誠之助の不満そうな言葉を聞いて菜摘は千沙に顔を向けた。

「誠之助の言っていることはまことなのですか」

千沙はかわいらしく首をかしげて言った。

「その通りですけど、誠之助様がもっとお強ければ、たんこぶを作らなくてもすんだと思います」

千沙が言うと助兵衛も大きくうなずいた。

「まさにその通りだな。もっとも、高瀬孫大夫殿がいまでもあれほど腕が立つとは思わなかった。丹石流の達人という噂はまことだったのだな」

助兵衛のひややかな言葉に菜摘は息を呑んだ。

「高瀬様に会われたのですか」

菜摘に訊かれて助兵衛はあっさりとうなずいた。

「竹内佐十郎殿と十年前に出世を競っていたのは、峰次郎右衛門殿、佐竹陣内殿、それに高瀬孫大夫殿ですからな。まずはひとりずつ当たっていくのが手っ取り早い。きょうは高瀬殿が非番で屋敷におられたゆえ、訪ねてみたというわけです」

誠之助が頭に手をやりながら言葉を挟んだ。

「だからといって、わたしが高瀬様との立ち合いを望んでいるなどと言うことはないでしょう」

「そうでも言わなければお主たちふたりを同道している言い訳が立たぬではないか。高瀬殿が評判通りの腕なのかどうかを見ておきたかった。それに、立ち合って、こちらが負ければ高瀬殿も機嫌がよくなり、話がしやすいという狙いもあったのでな」

助兵衛は平然と言ってのけた。千沙がなぜか楽しげに言葉を添えた。

「高瀬様はがっしりとした体つきで、眉が太く、あごがはって、まるで仁王様のような顔をしておられました。田代様から誠之助様が立ち合いを望んでいると聞いて、すぐにお庭に出て木刀で立ち合われたのです。そうしたら、誠之助様は手も足も出ず、散々にやっつけられました」

誠之助はううむ、とうなって、

「そんなことはありませんぞ。わたしが最初に間合いを詰めて見舞おうとした上段からの面打ちには、高瀬様も肝を冷やされたはずです。高瀬様はわたしの太刀行きの速さに驚かれて、あのようにしゃにむに打ってこられた。目上の方への礼として、わたしは打ち返すのを遠慮したのです」

と言った。しかし、千沙と助兵衛は返事をせずに聞き流した。誠之助がさらに言い募ろうとすると、菜摘がぴしゃりと言った。

「立ち合いの話はどうでもよいのです。それより、高瀬様は竹内様の果し合いの相手について、何かご存じでしたか」

菜摘が顔を向けると助兵衛はおもむろに口を開いた。

「さよう、高瀬殿には、竹内殿が国に戻られたのをご存じかと、まずお訊きした。知っているというお答えだった。それで、竹内殿が近く家中の者と果し合いをいたす所存らしいがご存じかと訊くと、それも知っていると言われた」

「高瀬様はご存じだったのですか」

菜摘が膝を乗り出した。それなら孫大夫こそ果し合いの相手なのではないかと思った。助兵衛は菜摘の緊張した顔を見て、にやりと笑った。

「わしも、高瀬殿が果し合いの相手なのか、と思って意気込んで訊いた。だが、高瀬殿は違うと言われたのだ」

誠之助との立ち合いの後、客間で三人に対した孫大夫は、茶を飲みながら助兵衛の問いに答えた。

「竹内佐十郎は妻敵討ちの旅に出る前、わしを始め数人を前にして、妻を斬って帰国したならば、果し合いにて決着をつけると言った。誰と果し合いをいたすのかはその場では言わなかったが、無論、相手にはわかったのであろうな」

孫大夫は当時を思い出すように言った。助兵衛はさらに追い討ちをかけるように、

「その場におられたのは、どなたたちなのですか」

「それは言えぬ。まったく関わりのない者もいたのだ。妙な勘ぐりをされては、その者たちが迷惑するからな」

孫大夫はそれ以上のことは話そうとはしなかったのだ、と助兵衛は話した。

菜摘は眉をひそめて言った。

「それでは、高瀬様が果し合いの相手ではないという証《あかし》があるわけではないのですね。果し合いなどという武張《ぶば》ったことをするのは、やはり剣の達人である高瀬孫大夫様なのではないでしょうか」

誠之助が頭を大きく横に振った。

「いや、高瀬様ではありませんな」

「どうしてわかるのですか」

「わたしの最初の面打ちには、殺気を込めました。だからこそ、高瀬様は立腹されて、わたしをめった打ちにされたのです。それでも、高瀬様には殺気がありませんでした」

「殺気がなかった？」

菜摘は驚いて誠之助を見つめた。殺気の有る無しなど誠之助にわかるのだろうか。

「もし、高瀬様が竹内様との果し合いを控えているなら、たとえ表に出すまいとしても木刀に殺気が籠《こも》ります。しかし、高瀬様にはそのような気配はありませんでした。高瀬様はいかつい顔をされていますが、実は穏やかな人柄であろうとわたしは思いました」

淡々と言う誠之助の言葉に、助兵衛だけでなく千沙もうなずくのだった。

六

十日後――

誠之助はひとりで家を出た。この日、郡奉行の佐竹陣内に会うつもりだった。助兵衛が一緒だと、また無理難題を吹っ掛けられるかもしれないし、そうなると千沙がなぜか喜ぶので、ひとりのほうが気楽だと思った。

それに郡方には友人の井上庄助《いのうえしょうすけ》が出仕しており、奉行である陣内の意向を聞いてくれていた。庄助は陣内の人柄について、

「まことに気さくな方で、われらのような下の者にもよく声をかけてくださる。まさに福徳円満なおひとだ。妙なことを訊いても嫌な顔はされず、懇切丁寧に答えてくださるだろう」

と話していた。

それならば、横目付である助兵衛の力を借りずともいいだろう、と思った。まして、千沙が傍にいれば、うるさいだけだ。

誠之助はそんなことを思いながら郡方の役宅となっている陣内の屋敷に向かった。歩きながら、もし、陣内が佐十郎の果し合いに何の関わりもなければ、残るのは峰次郎右衛門だけになる、と思った。

しかし、次郎右衛門にあらぬことを訊けば、千沙の縁組の障りになるのではないかと気になっていた。

千沙の縁組の相手は、福岡の医師、関根寛斎の長男、英太郎だという。関根寛斎の妹は峰次郎右衛門に嫁いでおり、英太郎は次郎右衛門にとって妻の甥にあたる。

そんな次郎右衛門の身辺を嗅ぎまわるようなことを千沙がすれば、縁組は破談になるかもしれない。

それはよくないことだ、と誠之助は思っていた。だが、どれほどよくないことなのかは、さだかではなかった。千沙が縁組に乗り気でないことは察しているだけに、壊れても惜しくはないのではないか、とも思う。

それでも、せっかくの縁談を無闇《むやみ》に壊すのはよくないことだ、とも考えた。つまるところ、千沙の縁組がどうなればいいのか、誠之助にはよくわからない。ともあれ、千沙を佐十郎の果し合いの相手を探す話に近づけないほうがいいと思った。

そのうえで、千沙の縁組がまとまったほうがいいのかどうかは、あらためて考えるつもりだ。なぜ、自分がそのことを考えなければいけないのかについては、誠之助はあまり深く思わないようにしていた。

（まあ、なんとかなるだろう）

誠之助がいつもの大まかな考え方でまとめたとき、ちょうど陣内の屋敷の門前に立った。門番に案内を請うて、庄助を呼んでもらった。

やがて玄関に出てきた庄助は気軽な様子で、

「佐竹様はいま、書類を見終わられて茶を飲まれている。少しの間ならお話をうかがえるぞ」

と言って、誠之助に上がるよううながした。誠之助が庄助に続いて廊下を通り、奥座敷の前まで進んだ。

庄助は廊下に跪き、

「井上でございます。先日、お話しいたしました、渡辺誠之助が参っております」

と告げた。部屋の中から、

「入れ――」

という丸みを帯びた声がした。庄助は襖《ふすま》を開けると、誠之助をともなって奥座敷に入り、膝行《しっこう》した。

文机の前で茶を飲んでいた陣内は小太りで丸顔のいかにもひとの好《よ》さげな人物だった。陣内は丸々とした手を上げて、

「近う寄れ。そこでは話がし辛い」

と言った。庄助と誠之助はさらに文机に近づき、手をつかえた。

「お奉行様にはお忙しい中、まことに申し訳ございません」

「なに、若い者の話は聞いたほうがよいのだ。そのときは役に立たずとも、いずれ益になると思うておる」

陣内は目を細めて笑った。そして、誠之助が口を開く前に、

「竹内佐十郎のことでわしに訊きたいことがあるのだろう」

とあっさり言った。誠之助は驚いて、

「さようでございます」

と答えた。ふむ、やはりな、と陣内はつぶやいた。

「横目付の田代助兵衛が何やら嗅ぎまわっておるらしいな。あ奴は藩の要職にある者の悪い噂話を拾い集めるのが好きでな。まあ、横目付という役目柄、仕方がないとも言えるがな」

陣内は微笑んで誠之助を見つめた。

「部屋住みのそなたがなぜ、さようなことに首を突っ込んだのかは、知らぬ。だが、高瀬孫大夫の屋敷に参った話は聞いたぞ。そなたは孫大夫に打ち据えられながら、避《よ》けようともしなかったそうだな。孫大夫はそなたのことを、よほど肝が据わっているのであろう、と申しておった」

誠之助は頭を深々と下げた。

「恐れ入ります る」

孫大夫が陣内にそんなことまで話したのか、と驚いていた。陣内はにこやかな笑みを絶やさずに話を続けた。

「孫大夫は詳しく話さなかったそうだから、わしが話してやろう。竹内佐十郎は妻敵討ちの旅に出る前、江戸からいったん国許に戻った。その際、旧友たちと別れの杯をかわしたのだ。その場にいたのは、わしと孫大夫、それに峰次郎右衛門と嘉村吉衛だ」

多佳の亡くなった夫である嘉村吉衛もその場にいたのか、と誠之助は驚いた。陣内はゆっくりとうなずいた。

「孫大夫は妙に気をまわして、嘉村のことを言わなかったようだが、その場にいたのは、この四人だけだ」

「さようでございますか」

誠之助は陣内の顔をうかがい見た。だとすると、佐十郎の果し合いの相手は、やはり、死んだ吉衛を除いた三人の中にいるのだ、と思った。

「どういう経緯があったのかは知らぬが、あの夜、佐十郎はひどく興奮しておって、酒をさほど飲んだわけでもないのに、赤い顔をしていた。妻を討ったあかつきには、自分を腑抜けだと謗《そし》った男と果し合いをすると言いおった。当たり前の話だが、せっかくの酒席が白けてしまった。佐十郎が早々と酔いつぶれたのを見て、皆、そそくさと帰ってしまった。それゆえ、あのおりに佐十郎が誰と果し合いをすると言ったのかはわからなかったな」

　陣内は話し終えると、膝をあらためた。

「ところで、そなたは郡方渡辺半兵衛の次男で、まだ部屋住みの身だそうだな」

「さようでございます」

　父親の名を出され、誠之助は四角張って答えた。陣内はじろじろと誠之助を見たうえで、

「どうだ。そなた、お役につきたければ、わしが面倒を見てもよいぞ。孫大夫が肝が据わっていると思ったほどの者なら使えるであろう。お役料が入れば実家も暮らしが楽になって親孝行になるぞ」

　とさりげなく言った。誠之助は答えない。

（高瀬様は木刀で打ち据え、佐竹様はお役につけてやろうかと猫撫で声を出す。どういうことだ）

　誠之助は訝しく思いながら、身を固くしていた。陣内はそんな誠之助の様子をうかがいながら、ようやく笑みを消した。

「まあ、お役につきたくなったら、いつでもわしのところに言ってこい。わしが話してやれるのはここまでだな」

陣内はあっさり言うと、庄助に目を向けた。もはや、話は終わった、帰れということらしい。庄助はあわてて誠之助をうながすと、陣内に礼を言ったうえで、座敷からそそくさと出た。

誠之助は庄助について玄関に向かいながら、それにしても、孫大夫と陣内は、やはり何事かを隠しているようだ、と思った。

(ひょっとすると、誰かをかばっているのかもしれない)

それが誰なのかわからないまま、誠之助は胸の中で疑念がしだいに広がっていくのを感じていた。


そのころ千沙は菜摘の家を訪ねていた。

患者の治療を終えた菜摘が、誠之助はきょう佐竹陣内様をお訪ねすると言って出ていきました、と告げると千沙は頬をふくらませた。

「誠之助様はつめたい方です」

「佐竹様をお訪ねすることを、誠之助は千沙さんに話していませんでしたか」

「聞いていません。たぶん、田代様も知らないと思います。誠之助様は抜け駆けをされたのです」

「どうしてそんなことをしたのでしょうね」

誠之助がひとりで出かけたわけは、何となくわかる気がしたが、千沙の手前、そう言うわけにもいかず、菜摘はわざとらしく首をかしげた。すると、千沙は大きなため息をついた。

「どうしましょう。困ってしまいました」

「どうしたのです」

千沙が突然、本当に困惑した顔になったのに菜摘は驚いた。

「わたしの縁組が早くなりそうなのです。先様は秋にも輿入《こしい》れして欲しいと言ってきたそうなのです」

「それなら、もうすぐではありませんか」

秋口に祝言をあげるとなれば、もうひと月余りしかない。千沙は泣き出しそうな顔になって、

「わたしは、どうしたらいいのでしょうか」

と訊いた。

「千沙さんはお相手の方が気に入らないのですか」

「はい、嫌です」

「でも、そんなに何度もお会いしたわけではないでしょう。どんな方なのか、わかっていないのではありませんか」

菜摘はなだめるように言った。千沙の縁組の相手である関根英太郎は藩医の息子で勘定奉行の縁戚であることを考えれば、決して悪い相手ではない。しかし、千沙はきっぱりと答えた。

「わたしは相手のひとがどんな方かはよく知りません。でも、わたしが好きなのはどんなひとかはよくわかっています」

「それはどういうひとなのですか」

誠之助のことだ、と思いながら、菜摘は訊いた。

千沙は言おうかどうしようか、迷う風だった。やがて、思いを決したように、千沙が口を開こうとしたとき、

「わかりました」

菜摘は急いで言った。千沙に誠之助の名を言わせてはいけない、と思った。千沙は、菜摘が自分の心持ちをわかってくれたのだと感じて、にこりとした。

「わかっていただけましたか」

「千沙さんがお相手の方を気に入っていないことだけわかりました」

「それだけですか」

千沙はがっかりした顔になった。菜摘はさりげなく話を続けた。

「それだけで十分だと思います。まずは、相手のひとがどんな方か見定めればよいのではありませんか」

「どのようにしたら見定めることができるのでしょうか」

千沙は訝しそうに訊いた。

「誠之助はきょう、ひとりで出かけましたが、おそらく千沙さんをあまり巻き込んでは縁談に障ると思ったのでしょう。ですが、千沙さんが相手の気持ちを見定めたいのなら、峰次郎右衛門様のところに誠之助や田代様とともに行かれたらどうでしょうか」

菜摘は落ち着いて話した。

「それで相手のひとを見定めることができるでしょうか」

千沙は真剣な表情になって訊いた。

「できますとも、もし、お相手の方が千沙さんにふさわしいひとなら、きっと千沙さんの気持ちを汲んでくださいます。そうではなくて、とんでもない女だと思ったら、この縁組はつぶれるでしょう」

「破談になるのですね」

千沙は嬉しげに言った。菜摘は表情を厳しくして、

「女子にとって、縁組が壊れるというのは軽いことではありません。自分の退路を断つ覚悟がなければできないことですよ」

と言うと、千沙は大きくうなずいた。

「わかっています。覚悟はしています」

千沙のはっきりした声を聞きながら、誠之助ははたして千沙の気持ちを受け止めることができるのだろうか、と菜摘は思った。

この日、横目付の田代助兵衛は勘定奉行の峰次郎右衛門から城内の御用部屋に呼び出されていた。

助兵衛がかしこまって御用部屋に入ると、いかにも能吏《のうり》らしい端整な顔立ちの次郎右衛門は鋭い目で見据えた。

助兵衛が手をつかえて控えると、次郎右衛門はいきなり、

「そのほう、近頃、お役目と関わりのないことをいたしておるそうだが、どういうことだ」

と糾問《きゅうもん》した。助兵衛は顔を上げてわざとらしく意外そうな表情をしてみせた。

「何のことでございましょうか。身に覚えがございませんが」

次郎右衛門はつめたい笑いを浮かべた。

「竹内佐十郎のことだ」

助兵衛は大仰に膝を叩いた。

「竹内佐十郎殿が妻敵討ちを果たして帰国されたことは、すでにご報告いたしておりましたが、その後、いかようにいたしておるのかまでは調べがついておりません。これは、それがしの失態でございました。これより、ただちに調べてご報告いたし

ますゆえ、平にご容赦くださいませ」

次郎右衛門は苦笑いした。

「さようなことは申しておらぬ。竹内佐十郎は致仕した身だ。もはやわが藩とは関わりがないゆえ放っておけばよい」

「さようでございますか。ならば仰せのごとくいたします」

助兵衛が手をつかえて深々と頭を下げるのを見つめた次郎右衛門は、ふふ、と笑った。

「そなたはなかなか隅に置けぬな」

「何のことでございましょうか」

助兵衛は次郎右衛門をうかがい見た。しかし、もはや次郎右衛門は表情を消して、じっと助兵衛を見つめた。やがて次郎右衛門は傍らの下僚に、

「彼《か》の者を呼べ」

と命じた。下僚はかしこまって控えの間に行くと、総髪の男を連れてきた。何者であろうと助兵衛は男の顔を見た。

次郎右衛門は助兵衛を見据えて言った。

「この者は間部暁斎という。城下で私塾を開いておる儒者だ。わしの命によって竹内佐十郎の動向を探っておる。竹内がいまどこにいて、どのようにしているか、わしはすべて知っているのだぞ」

暁斎は助兵衛に向かって頭を下げた。

そのとき、助兵衛は背筋につめたいものが走るのを感じた。次郎右衛門は何もかも知っている。もはや自分を許すことはないだろう、と助兵衛は思った。

次郎右衛門はなおも助兵衛につめたい視線を注いでいる。

七

この日、夕刻になって菜摘のもとを田代助兵衛が訪れた。菜摘は誠之助とともに客間で助兵衛に会った。助兵衛は硬い表情をしており、顔色も悪い。

菜摘は医者の目になって助兵衛の様子を見ると、

「田代様、お顔の色がすぐれませぬ。ひどくお疲れのようですが、鍼をお打ちいたしましょうか」

鍼治療のお金は頂戴せずともよろしゅうございます」

と言うと、助兵衛は、それならば、という顔をしたが、はっと我に返って、あわてて手を振った。

「さようなことをいたしておる暇はない。思いがけないことになったのだ」

鼬を思わせるあごのとがった顔を青ざめさせて助兵衛は言った。

「どうなさったのですか」

「きょう、わしは城中で勘定奉行の峰次郎右衛門様から御用部屋に呼び出されて、さんざんに絞られたのだぞ」

絞られたと聞いて、なるほど、きょうの助兵衛はぼろ雑巾《ぞうきん》のようだ、と菜摘は思った。菜摘がくすりと笑ったのを見て、助兵衛は苦い顔をした。

「なんじゃ、冗談事ではないぞ。峰様は竹内佐十郎が国許に戻ったことや、わしが竹内にまつわることを調べているのもすべてご存じであった」

「鍼だと？」

助兵衛はどきりとした顔をした。助兵衛は吝嗇だ、と千沙から聞いていた菜摘は、

「田代様にはお世話になっております。

「さようでございますか」

　菜摘は眉をひそめたが、すでに郡奉行の佐竹陣内や側用人の高瀬孫大夫から話を聞いているのだ。そんな動きが次郎右衛門の耳に入ってもおかしくはない。

　次郎右衛門が助兵衛を絞ったとすれば、それだけ後ろめたいことがあるのではないか。次郎右衛門は佐十郎にまつわることを知っているのは自分だと白状したのと同じではないか、と菜摘は思った。

　誠之助も同じように考えたらしく、

「どうやら、事の次第が明らかになってきました。竹内様が果し合いをしようとしているのは峰様です。だからこそ、あわてて田代様の動きを封じようとしているのでしょう」

　と言った。得意気に説明する誠之助の顔を助兵衛はじろりと見た。

「そんなことは、わしもとっくに考えた。だが、ことはさほどに簡単ではないぞ。第一、峰様は竹内がどこに潜んでおるかまですでに知っておられる。もし、お主の言うように峰様が果し合いの相手なら、竹内はいつ狙われるかもわからん。竹内の命はまさに風前の灯だな」

脅すように言う助兵衛を菜摘はきっとなって見た。

「竹内の養父上の居場所は田代様にもお話しいたしておりません。それなのに、どうして峰様におわかりになるのでございますか」

「間部暁斎だ」

暁斎の名を出されて菜摘はぎょっとした。

「暁斎様がどうされたのです」

「ほう、間部暁斎を知っておるのか」

助兵衛はつめたい目で菜摘を見た。

「はい、竹内の養父上の昔からのお友達でございます」

「それなら、竹内の居場所を知っていても不思議ではないな」

助兵衛は手であごをひねりながら言った。暁斎には多佳の庵で会ったばかりだと言おうとして菜摘は口をつぐんだ。

誠之助が膝を乗り出して訊いた。

「間部暁斎様が峰様に、竹内様の居場所を報《しら》せたということでございますか」

「報せるも何も、わしは御用部屋で峰様から暁斎と引き合わされた。暁斎は峰様の命により、竹内を探っておるそうだ。ということは、竹内はすでに峰様の手の内にあるも同然、生かすも殺すも峰様次第ということになるな」

「まさか、そのような――」

菜摘は唇を噛んだ。

佐十郎が友として信じている暁斎にまで裏切られたとなると不憫《ふびん》で仕方がなかった。妻に裏切られたうえに、友に陥れられたと知ったならば、佐十郎は生きていく気力を失うだろう。

「養父上はあまりにも憐れです」

菜摘が悔しげに言うと、誠之助が首をかしげて口をはさんだ。

「いや、それはどうでしょうか」

「どうでしょうか、とは何ですか。竹内の養父上がまわりの者に裏切られ苦しまれているのがわからないのですか」

菜摘は苛立ちを誠之助にぶつけた。誠之助は、まあ、まあというように手を上げた。

「竹内様がまことに峰様の手の内にあるのならば、すでに何かの手を打つのではありませんか」

言われてみればそうかもしれないと菜摘は思った。

「何も田代様を御用部屋に呼びつけて脅すことなどいらぬはずです。たとえば竹内様を闇から闇に葬ってしまえば、田代様が何を調べようと、横目付ごときの動きを恐れる峰様ではないと思うのです」

誠之助が言い切ると、助兵衛は不機嫌な顔になった。

「横目付ごとき、とは何だ。聞き捨てならんな」

誠之助が、これは失礼いたしました、と頭をかいて謝ると助兵衛は意外にあっさりうなずいて話を変えた。

「されど、お主の言うことにも一理ある。それに教えておいてやるが、峰様が竹内の果し合いの相手だと決めつけるわけにはいかんぞ。役人という者は、自分に関わることを自ら言うようなことはせぬものだ。かならず、誰かを使って自分は表に出てこぬ。峰様が自らわしを脅したのは、誰かのためだ、と考えたほうがよいな」

「竹内の養父上が果し合いをしようとしているのは峰様ではない、と言われるのですか」

菜摘は首をかしげた。助兵衛の話を聞けば、峰がもっとも怪しいと思えたが、ほかに誰かいるのだろうか。

「さあ、いまのところわからぬが、暁斎が何事かを知っておろう」

助兵衛はじっと菜摘を見つめた。そのときになって、助兵衛が訪ねてきたのは、自分に暁斎を探らせるためなのだ、と菜摘は悟った。

峰に絞られて顔色まで悪くしていたが、やはり〈鼬の助兵衛〉はしたたかだ。どのようにしてでも、謎に食いついていくつもりなのだ。

誠之助が菜摘に顔を向けた。

「これは、やはり姉上の出番ではありませんか。暁斎様が峰様に通じているのが本当なら、すぐにでも竹内様を別な場所に移さねばなりませんから」

誠之助に諭すように言われて、少し癪に障ったが、言われてみればもっともなことだけに菜摘もうなずくしかなかった。

「そうですね」

明日、暁斎を訪ねてみようと思った。

それにしても暁斎は、あの温厚な顔とは裏腹に友を裏切る冷酷な心を持っているのだろうかと思うと、菜摘は慄然《りつぜん》とした。

翌日、菜摘は患者を往診した帰りに暁斎の屋敷を訪ねた。武家地の一画にある暁斎の屋敷は庭に数本の梅が植えられており、昔、佐十郎とともに訪れたとき、梅の香がしたことを菜摘は思い出した。

門前に立つと屋敷の中から、子供たちが、

「子曰く、利によりて行えば怨み多し――」

と論語を素読する声が聞こえてきた。

玄関に立って訪いを告げると、暁斎の門人なのだろうか、前髪立ちで、まだ元服前の、目がくりっとした色白の少年が出てきた。木綿の着物に袴をつけている。

「鍼医の佐久良菜摘と申します。間部先生にお目にかかりたいのですが」

菜摘が頭を下げて言うと、少年は、

「先生にうかがって参ります。少々、お待ちください」

と言って奥へ入っていった。間もなく出てきた少年は、丁寧に頭を下げてから、

「お通りください」

と言って菜摘を奥へ案内した。一度、佐十郎とともに訪れたことがあるとはいえ、家の中の様子はまったく覚えていない。廊下を進んでいくと、中庭に面した広間で少年たちが並んで素読をしているのが見えた。

暁斎は少年たちの前に座って素読に耳を傾けているようだ。客間にしているらしい奥の部屋に菜摘を通した少年は、

「ただいま、お茶をお持ちいたします」

と告げた。暁斎は講義が終わるまで来ないようだ。

間もなく少年が持ってきた茶を飲んで菜摘が待っていると、暁斎が部屋に入ってきた。

「お待たせしたな」

暁斎は何気なく言って床の間を背に座った。気が利く少年らしく、暁斎が座ると同時に茶を持ってきた。

暁斎は軽くうなずいて茶碗をとり、口元に運びながら笑みを浮かべて言った。

「さっそくわしを訪ねてきたところをみると、田代助兵衛が菜摘殿のもとへ駆け込んだものと見えるな」

菜摘は硬い表情で訊いた。

「はい、田代様は暁斎先生が勘定奉行の峰様の手先となって竹内の養父を調べているると言われました。竹内の養父はすでに峰様の手の内にあるのでございますか」

暁斎は茶を飲んでから、ゆっくりと頭を横に振った。

「いや、違う。わしが峰様に近づいたのは佐十郎に頼まれてのことだ」

「養父が暁斎先生に、峰様に近づくよう頼んだと言われますか」

「そうだ。峰様が、佐十郎を亡き者にしようとするだろうから、その動きを探ってくれと頼まれた。佐十郎はかつて、この藩きっての秀才で、いずれは藩を背負うと目されておった。それが、妻敵討ちの旅に出てすべてを失ったことに納得がいかず、自分を陥れた者と決着をつけるために戻ったのだ。それだけに用意は周到なのだ」

「そのようなことを」

菜摘は息を呑んだ。

昔、菜摘が知っていた佐十郎は穏やかでひとを疑うようなこともないひとだった。

暁斎を使って峰次郎右衛門の動きを探ろうとする陰険さはかつての佐十郎のもので

はない、と思った。

　暁斎は気の毒そうに菜摘を見つめた。

「菜摘殿は昔のままの佐十郎だと思っていたのであろう。しかし、佐十郎は自分を裏切った妻を斬らねばならなかったのだ。その苦しみがあの男を変えた。佐十郎は復讐の鬼となって国に戻ってきたのだ。おそらく佐十郎は長くは生きられまい。命があるうちに自分を陥れた者を倒したいのだろう」

「では、峰様が果し合いの相手なのでございますね」

「いや、そのことを佐十郎はわしには話さなかった。ただ、自分の邪魔をするのは峰様だろうから、その動きを探ってくれというのだ。それゆえ、わしは峰様に近づき、国に戻った佐十郎と会ったことを話した。それだけのことだが、峰様はあの横目付の田代助兵衛の動きを封じるためにわしを使ったのだ。なかなかあざといことをする」

　暁斎はため息をついた。

　峰は自分を訪ねてくるようになった暁斎を助兵衛に引き合わせることで、菜摘たちの動きを牽制したのだ。

「どなたが果し合いの相手かはわかりませんが、竹内の養父と峰様はたがいの動きを探ろうとしているのですね」

菜摘は息が詰まる思いがした。

「そうだ。ともに藩を背負うほどの秀才同士だ。知恵を絞ってたがいに戦っているのだろう」

暁斎はさりげなく答える。

「なぜこのようなことになったのでしょうか。辛い妻敵討ちの旅から戻った養父を皆様、温かく迎えてくださるわけにはいかないのでしょうか」

「それぞれに後ろめたいことがあるからだろう。佐十郎にさえそれはあるようだ」

暁斎はため息をつくように言った。暁斎の言葉に菜摘ははっとした。

「養父の後ろめたいこととは何でございますか」

菜摘が訊くと、暁斎は目をそらしてつぶやいた。

「待月庵で臥せっている佐十郎と多佳殿の様子を見て、菜摘殿は何も感じなかったのであろうか」

暁斎に言われて菜摘は胸がざわめいた。

待月庵に赴いて十年ぶりに佐十郎に会った日のことを思い出した。あのとき、布団に横たわっていた佐十郎は菜摘の訪れを告げる多佳の手を一瞬、握った。あの仕草はふたりが男女の仲にあるのではないかと思わせた。

あのときは、まさか、そんなことがという思いと十年ぶりに佐十郎に会った動揺とで、心に深く留めなかった。しかし、その後も待月庵に通ううちに、佐十郎と多佳の間には濃《こま》やかな情の通い合いがあるように思えてならなかった。

「信じられません」

菜摘は佐十郎と多佳の間柄が妖《あや》しく彩られるのが恐ろしくて頭を振った。

暁斎は何も言わず顔をそむけたままだ。

八

この日、誠之助は千沙とともに博多の町家筋にある一軒の料理屋の前に立っていた。瓦葺屋根の二階建ての大きな料理屋で、〈ひさご〉と書かれた看板が入口の上にかかげられている。

誠之助は看板を見上げて、

「やはり、どうあっても入らねばなりませんか」

とうんざりしたような声で言った。若い女と料理屋に入るのは気が進まない。いつものように若侍のような装束の千沙はきっぱりと言った。

「仕方がないではありませんか。わたしひとりで行くわけにはいきませんから」

「だったら、行かなければいいではありませんか」

誠之助が声を低めて言うと、千沙はあきれたように、

「そうはいかないと何度も申し上げたではありませんか。わたしの見合い相手である方が親には内緒でひそかに会いたいと言ってこられたのです。話は聞かねばなりませんが、女ひとりで殿方と会っては世間の目がうるさいのです」

と、あたかも、たおやかな娘が男と会うような口ぶりで言った。

男装している千沙が料理屋で男と会っても、さほど噂にはならないだろう、と誠之助は思ったが、言うわけにもいかない。

しかし、見合いの相手である藩医関根寛斎の息子の英太郎が千沙を呼び出してなんの話をするのだろうということは気になった。

英太郎は医者の息子とはいえ、音曲が好きで遊びなれた男らしいから、あるいは千沙に不埒《ふらち》な振舞いをしようと企んでいるのかもしれない。だとするなら、それは許せない、という思いが誠之助の胸にあった。

なぜ、そんなことを思うのだろう、と誠之助は自分でも訝しく感じるのだが、そこはあまり考えないようにした。

千沙に引きずられるように料理屋の前まで来てしまったのは、やはり、万一のことがあってはと思ったからだった。

千沙に急《せ》かされて、誠之助はようやく腹を据えた。

「わかりました。一緒に英太郎殿に会いましょう。ですが、わたしは立会人というだけですから、ひと言も口は利きませんよ。それでいいですね」

誠之助は念を押すように言った。

「かまいません。言いたくなければ黙っていてください。ですが、言いたいことがあったら言ってくださっても結構です」

千沙はにこりとして誠之助の気が変わらぬうちにと、さっさと店に入っていった。誠之助もやむなく後に続く。

玄関に立った千沙が、

——頼もう
と道場破りのように声を張り上げると中年の女中が出てきた。客商売だけに男装の千沙が立っているのを見ても驚かず、すぐに察しをつけて、

「関根様がお待ちかねでございます」

と言った。

千沙は、なぜ自分が英太郎と会うために来たとわかるのだろう、と首をひねった。だが、英太郎が千沙は男の姿で来るかもしれないと女中に告げていれば、なんの不思議もないことだ、と思った誠之助は黙って板敷に上がった。

女中はさりげなくふたりを中庭に面した奥座敷に案内した。中庭には枝ぶりのいい松と苔《こけ》むした庭石、小さな池に石灯籠《いしどうろう》まであった。

千沙が入っていくと、待っていた英太郎はにこりとした。しかし、千沙の後ろから誠之助が続くと怪訝《けげん》な顔をしたが、ことさら訊ねるようなことはしなかった。

英太郎は誠之助と同じぐらいの年齢だが、細面で色白でほっそりとした体つきだった。ととのった顔立ちだが、目に落ち着きがないようにも見えた。

英太郎の前にはすでに膳が出ており、酒器も置かれていた。

さすがにまだ酒は飲んでいないようだったが、千沙が来ればふたりで飲むつもりだったようだ。

英太郎が手を叩くと女中がすぐに千沙と誠之助の膳を持ってきた。

「どうです。まず一献傾けてから話をしませんか。そのほうがなごやかに話ができるというものですよ」

英太郎は通人めいた口の利き方をした。

だが、千沙は膳には目もくれず、英太郎の前に座ると、傍らに控えた誠之助をちらりと振り返って、

「この方は渡辺誠之助殿と申され、まだ部屋住みの身ですが、わたしが親しくさせていただいている鍼医者の佐久良菜摘様の弟御です。本日は、英太郎様からお話があるということでしたので、立会人として来ていただきました」

となめらかに話した。

誠之助は黙ったまま頭を下げた。意地でもひと言も口を利かないでいるつもりだった。

「なるほど、立会人ですか」

英太郎は驚いたように誠之助を見つめたが、やがて、くっくっと笑い出した。千沙は憤然として口を開いた。

「関根様、きょうは親にも内密の話だということで、間違いがあってはならないと立会人に来ていただいたのです。それなのに笑うとは、誠之助殿があまりにもお気の毒ではありませんか」

笑われたのは誠之助だと端《はな》から決めつけた言い方をした。英太郎はあわてて手を振って言った。

「いや、渡辺様のことを笑ったわけではございません。千沙殿をお呼びしたのは、話があってのことですが、もし、物わかりのよい方なら、ここでしっぽり濡れてもなどと腹の底で思っていたものですから、自分の迂闊《うかつ》さがおかしかったのですよ」

千沙と男女の仲になってもよいと思っていたという、あまりにも開けっぴろげな英太郎の言い方に千沙は顔を赤くして、

「なんということを言われるのです。わたしはさような女ではありません。帰らせていただきます」

と甲高い声で言った。できれば、英太郎の顔をひっぱたいてやりたい、という顔をしていた。

誠之助も千沙の言うことがもっともだと思い、立ち上がろうとした。すると、英太郎はあわてて言った。

「お待ちください。ただいまのは冗談です。わたしがお話ししたかったのは、千沙殿との縁談はなかったことにしたいと申し上げたかったのです」

「縁談をなかったことにすると言われるのですか」

千沙は訝しげな顔をして座り直した。思いがけない話に意表を突かれていた。誠之助も腰を下ろす。

英太郎は顔を引き締めて話した。

「さようです。わたしはこのような遊び好きの男で、いままで道楽もして参りましたから、千沙殿との縁談はもったいないようなもので、お断りする気など毛頭ありませんでした。ただ――」

英太郎はあたりを見回してから、声をひそめて、わたしの叔母が勘定奉行の峰次郎右衛門様に嫁いでおるのはご存じでしょう、と言った。

「存じております」

千沙も何となく声を低めて言った。英太郎はうなずいて言葉を継いだ。

「実は、先日来、あなたとの縁組を早く進めるようにと叔母が何度も言ってきておるのです。それで、わたしの父は縁組を急いでいるのです」

「叔母上様が、なぜわたしたちの縁組に口を出されるのです」

千沙は首をかしげた。

「初めはわたしもわかりませんでした。千沙殿の評判がそれほどよいとも思えませんでしたので、母にそれとなく叔母の意向を確かめてもらったのです」

英太郎は真面目な顔で言った。千沙の評判が家中でいいとは思えないと英太郎が言ったとき、誠之助がくすりと笑った。

千沙は一瞬、誠之助を睨んだが、何も言わず、あらためて英太郎の話に耳を傾けた。

「母が叔母から訊き出したところによると、峰様が縁談を急ぐようにと言われたそうなのです」

「峰様が――」

千沙はあっけにとられた。英太郎の父は藩医とはいえ、町医者の娘との縁談に藩の重職にあるひとが口を出すとは思えなかった。

「峰様がなぜ、そんなことを言い出されたのかというと、どうも千沙殿の素行が知られたのですな」

千沙はむっとして口を挟んだ。

「わたしの素行がどうしたというのです」

ひとに知られて都合の悪いようなことは何もしていない、と言わんばかりだった。

「あなたは、竹内佐十郎という方のことで、何かを調べまわっているそうではありませんか」

千沙は目を瞠った。

確かに田代助兵衛や誠之助とともに高瀬孫大夫の屋敷に行ったが、そのことが次郎右衛門にまで知られているとは思えなかった。

「どうやら、峰様は竹内様のことで調べまわる者がいるのを気にしておられるようです。叔母は、あなたがそんなことに関わっていると大事になるかもしれない。そうなる前に縁談を進めたほうがいいと峰様から言われたということです」

「そうだったのですか」

英太郎の意外な話に千沙は息を呑んだ。

「それで、千沙殿がさようなことにならないためにもという思いで、わたしとの縁談を急がせたというわけです。まあ、ご親切な話ですな」

英太郎はしたり顔で言った。すると、誠之助が身じろぎして口を開いた。

「まさか、そんなことのために縁談を急がせるなどとは信じられませんな。千沙殿が竹内様に関わることを調べるのをやめたからといって、どうだというのです。たいした違いはないではありませんか」

竹内佐十郎が誰と果し合いをするかは助兵衛と自分が調べればすむことで、千沙がいたからといって、どうなるものでもないと誠之助は言いたいようだ。

「さあ、そこはわかりませんよ。ただ、峰様はそう考えられたということでしょう」

英太郎は突っぱねるように言った。

千沙は大きく頭を縦に振って重々しく言った。

「峰様はわたしがいては邪魔だと思われたのです。それには何か深いわけがあるのでしょう」

そんな馬鹿な、と誠之助は言いかけたが、千沙が睨んでいるのに気づいて口を閉じた。

英太郎はにやにやと笑った。

「というわけで、わたしは峰様の思惑で縁談が進むのは嫌だと思った次第です。なにせ、わたしに付け文を寄越す若い女が多くて困っているくらいですから、何も男か女かわからないような――」

英太郎も千沙の鋭い目に気づいて、それ以上、言うのをやめ、ごほん、と咳払いしてみせた。

誠之助は身を乗り出して脅すように訊いた。

「いまの話、まことでしょうな」

「付け文を寄越す女が多いということですか」

英太郎がすかさず訊き返す。

誠之助は苦い顔をした。

「そんな馬鹿なことではなく、峰様が千沙殿を、竹内様に関わる一件から引き離そうと縁談を急がせたという話です」

「そんなことで嘘をついても仕方がないでしょう」

英太郎は平然と答えた。そして、ふと厳しい顔になって付け加えた。

「わたしはこの件にはなんだか、わけのわからない嫌なことが隠されているような気がします。わたしは遊び人だが、自分がどんな女を女房にするかをひとの思惑で決められるのはまっぴらごめんです」

英太郎の言葉には、それまでとはうってかわって、真面目な気持ちがこめられているようだった。

遊び人だが、それなりに自らの矜持《きょうじ》を守るところはあるようだ。

千沙は英太郎を見直した思いでうなずいた。

「わたしもそう思います」

英太郎はにやりと笑った。

「ほう、千沙殿は案外、素直なところがありますね。ひょっとしてわたしたちは気が合うかもしれませんな」

誘うような英太郎の言葉を聞いた誠之助は凄《すご》みを利かせた声で言った。

「とんだ思い違いです」

千沙はふたりの若い男の言い合いを涼しい顔をして聞いている。

暁斎の家から戻った菜摘は自分の部屋で文机に向かった。

長崎にいる亮へ手紙を書きたいと思ったが、筆をとる気にもなれず、暁斎が言ったことを思い出していた。

もし、佐十郎と多佳の間に何事かあったとしたら、それは近頃のことではないような気がする。

それは十年前、佐十郎が妻敵討ちの旅に出る前のことではないのか。菜摘の胸に黒々とした疑念が湧いていた。

仮にそうだとすると、佐十郎と多佳は不義密通の間柄だったことになる。

(まさか、そんなことが――)

菜摘は恐ろしい想像に胸がつめたくなる思いがした。佐十郎の妻の松江は密通などしそうもない、おとなしい人柄だった。それなのに、突然、駆け落ちしたということが菜摘にはいまも不思議でならなかった。

佐十郎と多佳こそが不義密通をしていたのだとすれば、松江の駆け落ちには何か別の理由があったのかもしれない。もしかすると、表立っていることとは違う何かが佐十郎に起きたのではないか。

だからこそ、佐十郎は国に戻ると親戚にも顔を出さず、傷ついた獣が癒しを求めるように多佳のもとに行ったのだ。

多佳もまた、佐十郎を当たり前のように匿《かくま》い、世話をしている。

ふたりの間には他人にうかがい知れないつながりがあるように思える。

佐十郎が妻敵討ちの旅に出なければならなくなったのには、隠された謀《はかりごと》があるのではないか。もしそうだったらどうしたらいいのだろう。

そんな惑いが菜摘の胸に湧いていた。

九

竹内佐十郎はうなされて目を覚ました。

すでに夜が明けているらしい。雨戸の隙間から白い陽射しが差している。佐十郎が床に起き上がると、襖が開いて、多佳が顔を出した。

「お目覚めでございますか」

「嫌な夢を見た」

佐十郎は額の汗を手でぬぐった。多佳が眉をひそめて訊いた。

「どのような夢でございましたか」

「松江と河合源五郎を見つけだしたときのことだ」

佐十郎は目を閉じた。多佳は痛ましげに佐十郎を見つめた。

「それはお辛い夢でございますね」

しばらく黙ってから佐十郎は言葉を継いだ。

「わたしが見つけたおり、河合源五郎は薪炭《しんたん》を商う商人《あきんど》になっておった。松江は源五郎の妻として仲良さげに暮らしていたのだ」

「そうでしたか」

多佳は言葉少なに答えた。

「わたしが店の中に乗り込むとふたりは驚いたが、逃げようとはしなかった。ただ、黙って帳場に膝を並べて座り、うなだれただけだ。わたしが罵《ののし》っても何も言おうとはしなかった」

佐十郎はそのときのことを思い出したのか陰鬱な表情になった。

「それで、ご成敗になったのですか」

「しばらくして松江が、わたしに向かって、お許しください、かようにいたすしかなかったのでございます、と言った。わたしが、どういう意味だと訊くと、源五郎が口をはさみおった」

多佳は息を詰めるようにして訊いた。

「河合殿は何と言われたのです」

「何を言っても仕方がない。これが、自分たちの宿命だと言いおった。あたかも松江とふたりだけでわかっておれば、それでいいのだ、と言わんばかりだった。その様子を見て、わたしは思わず激昂《げっこう》して刀を抜いた」

多佳は目を閉じた。佐十郎が悪鬼の形相で松江と源五郎を斬り捨てる光景が脳裏に浮かんでいた。

「お斬りになられたのですね」

だが、佐十郎は頭を横に振った。

「いや、斬れなかった。斬ってはあまりにおのれが惨めだという気がしてな」

駆け落ちしたふたりを斬らなかったと初めて聞いて多佳は目を瞠った。

「それでは、ふたりを見逃しておやりになったのでございますか。先日、おうかがいいたしましたときは、お斬りになったと言われましたが」

「心の中ではそうだった。確かにわたしは松江を憎いと思い、斬ろうとしたのだ。あのときのわたしの心持ちは鬼であった。それなのに、なぜ、刀が止まったのかわたしにもわからない」

佐十郎はため息をついた。

「わたしは何も言わずに、そのまま店を出ようとした。すると、松江がわたしを止めて、話さねばならぬことがあると言った」

佐十郎は宙を見据えて言った。

「松江様はどのようなことを言われたのですか」

「自分たちは陥れられ、どうしようもなくて駆け落ちしたのだ、と言いおった」

「陥れられた？」

「そうだ。すべてはある男がわたしを国許から追い出すために仕組んだ罠だと松江は言ったのだ」

佐十郎は苦々しげな表情になっていた。

松江は佐十郎の顔を見据えて、

「わたくしどもふたりはかどわかされたのでございます」

と押し殺した声で言った。

「なんだと」

佐十郎は目をむいた。松江は目を伏せて話を継いだ。

「わたくしと源五郎殿は幼馴染で親しくしておりましたが、もとより、ふたりの間には何事もなかったのでございます。ところが、わたくしがたまたまひとりでお寺へ参った帰り道、頭巾をした者たちに襲われ、さる屋敷に囚われたのです。源五郎殿も同様に連れてこられました。わたくしどもはその屋敷の奥座敷に三日の間、幽閉されたのでございます」

「駆け落ちしたのではなかったというのか」

息を呑んで佐十郎は松江と源五郎を見た。松江はうなずいた。

「四日目の朝になって、やはり頭巾をした武士がわたくしたちの前に現れて、わたくしたちになりすました男女が峠を越えたと言いました。わたくしたちはもはや不義密通を働き駆け落ちしたと家中の者に思われている、と告げたのでございます」

「まさか、さようなことは信じられぬ」

「ですが、申し上げた通りのことが起きたのでございます。わたくしは自害いたすのがまことだったと思いますが、あまりに理不尽に思えてできませんでした。すると、源五郎殿が、このまま死んだ気になって他国で暮らそうと言い出したのです」

松江は淡々と言った。

「無実の証立《あかしだ》てをしようとは思わなかったのか」

「わたくしが不義密通の噂は偽りだと申し上げたなら、信じていただけましたでしょうか」

「それは――」

松江に鋭く問いかけられて佐十郎は口ごもった。もし、そんな噂を突きつけられたら、真実かどうかを見極めるより、噂となったこと自体、松江の不始末だと考えたかもしれない、と思った。

松江は悲しげに佐十郎を見つめた。

「やはり、信じてはくださらなかったであろうと存じます。わたくしどもの夫婦仲はさようなものだったのでございます。それだけに、むざむざ死ぬよりも源五郎殿と生きてみようかと思いました。少なくとも源五郎殿は、わたくしのために国を出る覚悟を定めてくださったのですから」

松江に言われて、佐十郎は胸を突かれた。

「わたしはそれほど信じられていなかったのか」

「それはあなた様も同じことかと存じます」

松江は静かに佐十郎を見つめた。

佐十郎はうめいて、最後に訊いた。

「かようなことを企んだのは誰なのだ。そなたは声を聞いたからには見当がついたであろう」

「いいえ、頭巾で口まで覆い、くぐもった声で話したので、どなたなのかはわかりませんでした。ただ、これは竹内佐十郎がなしたことに決着をつけ、復讐を果たすためにするのだ、との言葉だけを覚えております」

「復讐だと――」

佐十郎は顔をこわばらせた。

「はい、確かにそう申しました。お覚えのあることではございませんでしょうか」

「いや、ないぞ」

佐十郎は激しく頭を振った。松江はそんな佐十郎を憐れむように見つめたが、何も言わなかった。

佐十郎がそのまま立ち去ろうとすると、松江と源五郎は店の土間で跪いて見送った。店の暖簾《のれん》をかきわけて路上に出た佐十郎がふと振り向くと、ふたりは頭を低く垂れていた。

佐十郎は目をそむけて歩き出した。

「それでふたりを見逃しておやりになったのですね」

多佳はほっとしたように言った。

「見逃すというほどの気持ちではなかった。もはや、どうしたらいいのかわからず、その場から逃げ出したというのが正直なところだ」

「ですが、もし斬っておられたら、悔いが残られましたでしょう」

多佳は慰めるように言った。

「斬らなくとも悔いは残っている。結局、わたしは何のために苦労して妻敵討ちの旅をしたのか、いまとなってはわからぬ」

佐十郎は自らを嘲《あざけ》るように言った。

「復讐という言葉に思い当たる節はあったのでございますか」

多佳が訊ねると、佐十郎はまた激しく頭を振った。

「さようなものはない。なるほど家中に仲の悪《あ》しき者やそりが合わぬ者はいた。また、出世を競う者もいたのは間違いない。されど、復讐などと大げさなことを言われるような間柄の者はおらぬ」

「まことでございますか」

多佳は確かめるように訊いた。

「まことだとも。おおかた、わたしを罠に陥れた者の作り話に相違あるまい」

佐十郎は断じるように言った。

多佳はため息をついた。

「佐十郎様が妻敵討ちを果たしたとして帰国されたのは、さような謀をめぐらした相手を突き止めるためだったのでございますね」

「わたしはどうあっても決着をつけねば気がすまぬ」

「されど、そのお体では相手を討つことはできないのではありませぬか」

多佳は憐れみのこもった目で佐十郎を見つめた。

「だからこそ決闘騒ぎを仕掛けるのだ。奴はわたしを殺そうとするはずだ。さすれば十年前、何があったかが明らかになるだろう」

佐十郎はひややかに笑った。多佳は息を呑んだ。

「では、そのために菜摘殿たちが動くのを黙って見ておられるのですか」

「菜摘が動けば、奴はあぶり出されて動き出すだろう、そして、わたしを斬りに来る。そのとき、奴のしてきたことが明らかになるのだ」

佐十郎はくくっと笑ったが、不意に口元を手で押さえた。苦しそうにうめく佐十郎の背を多佳がさすった。

「佐十郎様、大丈夫でございますか」

佐十郎は荒い息をつきながら、

「大丈夫だ」

と言った。しかし、次の瞬間、激しく咳き込むと、口を押さえた手の指の間から血があふれた。

――佐十郎様
多佳は悲鳴をあげた。

佐十郎はゆっくりと倒れ伏した。


佐十郎の病状が悪化したと聞いて菜摘は急いで駆けつけた。

多佳の話では、ふたりで話をしていたおり、突然、吐血したのだという。菜摘は佐十郎の体を診て、数日前より衰弱していることに気づいた。

(安静にして、薬を飲んでいるのになぜだろう)

菜摘は首をかしげつつ、佐十郎に鍼を打って手当てした。胃ノ腑が疲れており、やはり固いしこりのようなものがあるようだった。

(胃ノ腑のどこかに傷ができて、血が固まっているのかもしれない。どうしたらいいのか)

菜摘は途方にくれる思いで鍼を打った。やがて、佐十郎の顔に血の気が戻ってきて、眠り始めると、菜摘は鍼を納め、佐十郎の体を手ぬぐいで拭いてやった。

佐十郎が静かな寝息をたて始めると、菜摘は多佳に目くばせして隣の部屋に移った。

「申し訳ありません。わたくしの診立てが甘かったのかもしれません。養父上は思いのほか重い病をかかえておられます」

菜摘はうなだれて言った。

「いいえ、佐十郎殿はあなたに心配をかけたくないと無理をされて、苦しいことも言われなかったのだろうと思います。お気になさることはありません」

「ですが、もはや、果し合いなど到底――」

菜摘は悲しげに言った。果し合いどころか、佐十郎は数カ月の命だろうと思った。

「わかっています。いえ、佐十郎殿もそのことはわかっておいでです。それでも、こうしていれば、佐十郎殿を陥れた者が動き出すはずと思われているのです」

「どうあっても養父上はそのひととの決着をつけたいのでございますね」

菜摘がため息をつくと、多佳はうなずいた。

「佐十郎殿にはそうしなければならない訳がおありなのです」

多佳はそう言うと、佐十郎が妻敵討ちを果たさなかった、と話した。

さらに松江が源五郎との駆け落ちは仕組まれたもので、謀《はか》った相手は佐十郎への復讐のためだ、と言ったらしいことも告げた。

「復讐のため——」

菜摘は緊張した。

何者かが佐十郎に恨みを抱いて仕組んだことだとすると、事態はいっそう複雑になる。佐十郎は、妻敵討ちを唆した相手への憤りから果し合いをしようとしているのではなく、いまだに目に見えぬ敵との戦いでもがき苦しみ、敵の前に病の身を投げ出そうとしているのだ。

「多佳様、わたくしはどうしたらよいのでしょうか」

菜摘は思い余って多佳に訊ねた。

多佳は目を閉じて黙っている。

菜摘は多佳の顔が能の小面《こおもて》に似て、美しいが、それとともにひややかで胸の内を悟らせないことに初めて気づいた。

十

　この日、千沙と誠之助は田代助兵衛の屋敷を訪ねていた。

　助兵衛は勘定奉行の峰次郎右衛門に脅されて以来、ぴたりと探索の動きを止めている。ふたりで助兵衛の尻を叩こうと菜摘の家を訪ねてきた千沙が言い出したのだ。

　居室で千沙と会った誠之助は気乗り薄で、

「田代様が手を引きたくなったのなら、それもやむを得ないではありませんか」

と言った。千沙は柳眉《りゅうび》を逆立てた。

「何を言われますか。それでは峰様の脅しに屈したことになるではありませんか」

「さような面子《メンツ》は男の考えることです。千沙殿はいい縁談があるのですから、さっさと嫁に行けばいいではありませんか」

　誠之助の言葉を聞いて千沙は訝しげに眉をひそめた。

「先日の関根英太郎殿のお話を忘れたのですか。あの縁談は断られたのですよ」

「さあ、どうだか」

誠之助はそっぽを向いた。千沙はおもしろげに誠之助の顔を見た。

「まさか、縁談がまだ終わっていないと思われているのですか」

「関根殿はああ言われたが、縁談とは家同士が決めるものです。本人たちの意向を聞いて決めるものではありますまい」

「ですが、嫌だと言っている者に無理やり祝言をあげさせるなんてできないでしょう」

千沙は、ますます興味津々といった顔つきで訊いた。

「関根殿が本当に嫌なら、わざわざ千沙殿を呼び出して、そのことを告げたりはしないと思います」

誠之助は不満そうに言った。千沙の顔に笑みが浮かぶ。

「困りました。わたしも英太郎殿も縁談は断ると言っているのに、誠之助様は何を気にされているのでしょう」

「関根殿が千沙殿に会って、あのようなことを言ったのは、千沙殿の気を引くためではありませんか」

「わたしの気を引くため？　なぜそう思われます」

千沙はかわいらしく首をかしげて訊いた。

「関根殿は遊びなれたひとのようです。だから、女人の気を引くためには、わざとつめたくして、縁談を断ってみせたのかもしれません」

「そんなことがあるものでしょうか。誠之助様は男女の駆け引きにお詳しいのですね」

千沙は目を輝かせてからかうように言った。

「黄表紙本に書いてありました――」

言いかけた誠之助は、ごほん、と咳払いしてから、そんなことはどうでもいいですが、縁談はまだ続いているのではないか、と言った。

千沙はにこりとしてひと言だけ言った。

「妬《や》いていらっしゃるのですね」

とんでもない、わたしはそんな心持ちは毛頭ありません、と言い募る誠之助にかまわず、千沙はさっさと助兵衛の屋敷に向かった。誠之助もやむなくこれに従ったのだ。

千沙が玄関の前に立って、

「お頼み申します」

と甲高い声で告げると、先日、会った弥助という白髪で腰の曲がった家僕が出てきた。式台にぺたりと座った弥助は、頭を下げて、

「お上がりくださいまし」

と言った。千沙は驚いた。

「田代様のご意向もうかがわずに、上がってもかまわないのですか」

弥助はゆっくりとうなずいて答える。

「はい、おふたりがそろそろお見えになるだろうと、旦那様はおっしゃっておいででした」

「そうですか」

千沙は誠之助と顔を見合わせて式台に上がった。弥助に案内されて奥座敷へと向かった。弥助は、また廊下にぺたりと座って、座敷に向かって声をかけた。

「旦那様、お見えでございます」

座敷からは、ああ、とくぐもった助兵衛の声がした。

千沙と誠之助が座敷に入ると、助兵衛は足の踏み場もないほど、書状や書類綴り

をまわりに散乱させて、ぼんやり考え事をしていた。

千沙と誠之助は書状をわきに寄せてから座った。千沙が座敷を見まわして、

「お仕事でございますか」

と訊いた。ぼんやりと宙に目を向けていた助兵衛は振り向いて、

「馬鹿を言うな。仕事ならば役所でやる」

とすげなく答えた。

「では、これは――」

千沙は膝を乗り出した。

「お主たちから頼まれた調べ事だ。竹内佐十郎に十年前、何があったのかを調べるため、昔の書類を借り出して調べていたのだ」

千沙は大きくうなずいた。

「それはよろしゅうございました。田代様は峰様の脅しで尻尾を巻いて逃げてしまわれたのかと思いました」

「馬鹿を言うな。お偉方の口出しでいちいち引き下がっておったら、とても横目付など勤まらん」

助兵衛は嘯《うそぶ》いてからちらりと千沙の顔を見た。

「そう言えば、そなたは峰様の親戚と縁談があったのではなかったか。あれはどうなったのだ」

「関根英太郎殿が自ら出向いてこられて断られました。峰様はわたしがいろいろ探っていることがお気に召さず、縁談で縛ろうとされたようです。英太郎殿はそんな縁談はごめんだと申されました」

「そうか、やはり断ってきたか」

助兵衛は意味ありげにつぶやいた。

「田代様もわたしの縁談が断られたのには裏があると思われますか」

千沙が訊くと、助兵衛はうなずいた。

「あるだろうな」

「そうですか。誠之助様は英太郎殿がわたしの気を引くために断ってみせたのだろう、と言われます」

千沙が言いつけるように誠之助が言ったことを口にすると、助兵衛はまじまじと誠之助の顔を見つめた。

「お主は思ったよりも馬鹿だな」

「馬鹿とは何ですか」

誠之助がむっとすると、助兵衛は言い足した。

「馬鹿と言われても仕方があるまい。縁談を断ってきたのは、向こうの都合が悪くなったからだ。すなわち、われらが調べていることが、しだいに真相に迫り始めたがゆえに、縁組をするのを避けたのだ。向こうの息子が出てきて断りを言ったのは、表面を取り繕うためであろう」

誠之助は助兵衛を真剣な顔でじっと見つめて、

「では、まことに千沙殿の気を引くためではなかったと」

「当たり前だ」

馬鹿、と声には出さずに助兵衛は言った。すると、誠之助は急に元気になった様子で身を乗り出した。

「ところで、これらの書類で何かわかったのですか」

助兵衛はふんと鼻で笑った。

「わかったが、お主らだけに言っても仕方がない。あの女医者にも話さねばならぬことだ。いまから参ろうか」

助兵衛は散乱した書類の中から数通だけを手にすると、

「弥助、出かけるぞ。支度を手伝え」

と大声を出した。

だが、そのときには、弥助は茶碗をのせた盆を持って廊下に控えていた。助兵衛は立ち上がりながら弥助に向かって言った。

「弥助、聞こえたのか。出かけるぞ。茶など飲んでいる暇はない」

しかし、弥助は助兵衛の声が聞こえないかのように、千沙と誠之助の前にゆっくりと茶碗を置いた。

「どうぞ、ごゆるりとお過ごしください」

弥助の声には頑として動かない響きがあった。助兵衛はうなって腰を下ろした。千沙と誠之助は茶碗に手を伸ばすと、弥助の機嫌を損じないようにゆっくりと喫した。

同じころ、関根英太郎は峰次郎右衛門の屋敷に呼びつけられていた。

奥座敷でしばらく待たされた英太郎の前に着流し姿で現れた次郎右衛門は、不機嫌な表情で、

「あの娘との縁談はどうなった」

と訊いた。あの娘とは千沙のことらしいと察した英太郎は意気込んで、

「まことに申し訳ございませんが、わたしの一存で断りましてございます」

と告げた。次郎右衛門は軽くうなずいた。

「そうか、それでよい。そなたの父、関根寛斎殿もさように申されていた。まずはよかった」

英太郎は拍子抜けしたように次郎右衛門の顔を見た。

「わたしは叔父上様が、千沙殿との縁組が進むことを望まれておると聞いておりましたが、違ったのでございましょうか」

「いや、さようなことはない。あの娘は妙なことに首を突っ込んでおるらしいから、わしの縁戚に加えてやったほうが身のためだ、と思ったまでだ」

「身のためでございますか」

「そうだ。竹内佐十郎に関われば、どのような祟《たた》りがあるかわからぬゆえ、案じて

やったのだが、どうやらもう遅いようだ」

　次郎右衛門はひややかに言った。

「どういうことなのでございましょうか」

「あの娘が関わりを持とうとしている竹内佐十郎は十年前、妻敵討ちの旅に出てこのほど帰国した。だが、帰るべきではなかった。国許に戻れば殺されずにはすまない身だからな」

「なんと」

　英太郎は目を瞠った。

「あの男が戻ったからには、騒動が起きる。そうなるのを黙って見過ごすわけにはいかぬ。それゆえ、そなたに始末をつけてもらいたいと思って、きょうは呼んだのだ」

「わたしが始末をつけるとはどのような」

　英太郎はおびえた目になって次郎右衛門を見つめた。

「竹内は病んでおるようだ。おそらく長くはもつまい。されば、死期を少し早めてやるがよい」

次郎右衛門は無表情に言い切った。

「死期を早めるとは、どうしろとの仰せでしょうか」

英太郎はあえいだ。

「わからぬか。そなたの家は医者だ。命を危うくする毒も調合できるであろう。それによって竹内の死期を早めてやるのだ」

「毒を盛れと仰せでございますか」

英太郎の額から汗が噴き出た。

「いずれ、そなたも藩医となる身ではないか。藩のために働くのは当然のことであろう。それともわしの命に従えぬとあらば、父ともども領内から追放いたすぞ。たとえ、わしの縁戚であろうと容赦はせぬ」

「しかし、さようなことをなぜ、わたしがいたさねばならないのでしょうか」

英太郎は震えながら訊いた。

「そなたは、あの娘と関わりができた。さすれば、疑われずに竹内に近づける」

「わたしは竹内というひとがどこにおられるかも知りません」

「平尾の待月庵という家だ。そこで竹内佐十郎は多佳という女の世話を受けておる」

次郎右衛門は憎々しげに押し殺した声で言った。

「わたしには、到底できそうにもありませぬ」

英太郎は泣きそうな声で言った。

「できぬなどとは言わせぬ。生きていこうと思うならやらねばならぬことだ」

次郎右衛門は冷酷に言い放った。


千沙と誠之助がゆっくりと茶を喫するのを満足気に見守った弥助は、ようやく助兵衛に向かって、

「お出かけでございますか」

と問うた。助兵衛は苦り切って答えた。

「さっきからそう言っている」

それ以上、弥助と言い合いになるのを避けるかのように、助兵衛は千沙と誠之助を急き立てて菜摘の家へ行った。

菜摘も往診から帰ったところだった。なぜか、千沙と誠之助は明るい表情をして

おり、助兵衛だけが深刻な顔つきだった。

　居間で四人が向かい合うと、千沙が口を開いた。

「田代様が、十年前、竹内様に何があったのかをとうとう突き止められたそうなのでございます」

　菜摘は助兵衛に顔を向けた。

「まことでございますか」

「まあ、そういうことだ」

　助兵衛は懐から書類を取り出しながらつぶやくように言った。

「十年前、いや正しくはその二年前、竹内佐十郎は長崎聞役《ききやく》だった。そのことを覚えておらぬか」

　幕府は福岡藩など西国十四藩に長崎での異国船の動きなど情報を集める役を命じていた。これを〈長崎聞役〉という。中でも福岡藩は長崎警備役も務めており、藩として重要な職務だった。

　助兵衛に訊かれて菜摘ははっとした。

　そう言えば、佐十郎は長崎に赴いていた。菜摘がうなずくと、助兵衛はおもむろに書類を開いた。

「竹内佐十郎とともに、長崎聞役に出向いていたのが、この者たちだ」

助兵衛が指示した書類には、

峰次郎右衛門
佐竹陣内
高瀬孫大夫

という、かつて佐十郎と出世を競ったとされる男たちの名があった。

「この方たちは、長崎聞役のころから養父と関わりが深かったのでございますね」

菜摘は言いながら名前を見ていったが、ふと目が留まった。そこには、

嘉村吉衛

という名が記されていた。

亡くなった多佳の夫の名である。

「嘉村吉衛様も長崎聞役に出られていたのでございますね」

菜摘が言うと、助兵衛は目を光らせた。

「嘉村殿はすでに亡くなられたはずだが、今回のことに関わりがあるのか」

佐十郎が嘉村吉衛の妻であった多佳のもとに匿われていることを告げるべきかどうか迷っていると、助兵衛はつぶやくように言った。

「たしか嘉村殿は長崎におられたときに不慮の事故で亡くなられたはずだ。何やら曰《いわ》く因縁《いんねん》がありそうだな」

助兵衛の顔つきは獲物を見つけた鼬のように見えた。

十一

助兵衛は長崎聞役について詳しく話した。

長崎聞役とは、正保《しょうほう》四年（一六四七）にポルトガル船が長崎を訪れ、西国諸藩が出兵したのをきっかけに置かれるようになった。異国船来航があった際にいち早く国許に報せることや、長崎奉行との連絡などを任務としていた。
福岡藩を始め、佐賀藩、熊本藩、薩摩藩、長州藩などの大藩から対馬《つしま》藩、柳川藩、唐津藩なども含めて西国十四藩が長崎に置いた外交官だった。
福岡藩では長崎五島町の蔵屋敷に長崎聞役を置いた。長崎聞役は妻子を伴わず、単身で赴任するのが決まりだった。
長崎にオランダ船が入港すると、まず長崎警備を担当している福岡藩と佐賀藩の聞役に通達がある。他の藩への伝達はその後とされており、福岡藩の長崎聞役は長崎奉行所からも重視されていた。長崎奉行との折衝も行うだけに、福岡藩では優秀な人材を長崎聞役として送り込んでいた。
それだけに、佐十郎とともに、長崎聞役となった、
峰次郎右衛門
佐竹陣内
高瀬孫大夫
嘉村吉衛
は将来、藩を背負うと目された俊秀たちだったのだ、と助兵衛は話した。

菜摘はうなずいた。

「峰様始め、皆様はその後、重い役職につかれたのに、竹内の養父だけが妻敵討ちで国を出て出世の道から外れたのでございますね」

「そうではあるが、出世の道からはずれたのは、竹内佐十郎だけではないのだ」

「と言われますと」

菜摘が首をかしげると、助兵衛は舌を湿らせて言った。

「嘉村吉衛殿は竹内佐十郎たちとともに長崎聞役を務めた後、国許に戻ったが、自ら願い出て長崎に戻り、六年前に、そのまま彼の地で亡くなったのだ。もともと五人の長崎聞役の中でももっとも秀才であるとされていたのが嘉村殿であったが、なぜか藩の重職につくことよりも長崎に行くことを望んだのだ」

誠之助がさりげなく訊いた。

「嘉村様が二度目の長崎に赴かれたのはいつのことでございますか」

助兵衛はにやりと笑った。

「よう気づいたな。わしも気になったのはそのことゆえ、調べてみた。嘉村殿が長崎に行ったのは、竹内佐十郎が国を出た翌年の六月のことらしい。長崎にオランダ船が入るのは夏で、長崎聞役はもっとも忙しい。藩では優れた長崎聞役だった嘉村殿が志願したので、すぐにお許しが出たそうだ。そのとき、嘉村殿がなぜ、二度も長崎に行くのか、と家中で訝しむ者は多かったということだ」

「では、竹内の養父と嘉村様の間に何かあったとお考えなのでしょうか」

菜摘は息を呑んだ。いまも佐十郎を看病している多佳の顔が思い浮かんだ。多佳は夫の友人であった佐十郎の境遇に同情して看病しているだけではないのだろうか。

「将来、藩を担うと目された五人のうち、ふたりが同じころに国許を離れた。何かあると思うてもおかしくはなかろう。それに、長崎聞役とは難しいお役目でな。同輩の間で確執が起こりやすいということだ」

「確執とはなんなのでしょうか」

誠之助が鋭い目になって訊いた。

「長崎聞役は他藩の者と組合を作っておる。一藩だけでは、オランダ船や交易のことですべてを調べることはできぬゆえ、力を合わせるのだ。わが藩は佐賀藩や熊本藩、対馬藩、小倉藩、平戸藩と同じ組合だ。確かにお役目のために組合は役に立つであろうが、それだけに厄介でもある」

助兵衛は声をひそめて言った。

長崎聞役の組合は、情報交換や親睦のために寄合を行う。毎月下旬に正式の寄合があるが、それ以外にも何かと理由をつけて行われ、寄合の数は月に数回にもなる。寄合の場所は長崎の遊郭である。

江戸の留守居役も各藩との連絡のためしばしば寄合を行うが、会合場所はそのときによった。必ず遊郭に行くのは長崎聞役だけだった。しかも長崎聞役では、この寄合に加わらなければ、

――離席
すなわち組合からのぞかれるという定めになっていた。離席になれば、長崎での情報を得難くなり、お役目に支障をきたす。

このため各藩の長崎聞役は必死になって寄合に出るのだが、遊郭での費用を常に藩がまかなってくれるとは限らない。あまりに回数が多くなると、自腹で負担するしかなくなる。

「そのように無理をせねばならぬものなのですか」

菜摘は眉をひそめた。そこまでして、遊郭に行かねばならないとはおかしな話だ、

と思った。

「長崎聞役の組合は、やはり古参の者が牛耳ることになるそうだ。この者が人柄がよければいいが、遊び好きだと寄合を常に開きたがる。遊び金は公金だし、他藩の者と一緒に行けば安くあがるしな」

「しかし、そんなところに行きたくないというひともいるのではありませんか」

誠之助が自分はそんなところには行かないぞ、という顔をして言った。千沙はちらりと誠之助の顔を見てくすりと笑った。

助兵衛は千沙の笑顔を見て首をかしげたが、そのまま話を続ける。

「遊郭に行くのが嫌で遊郭での寄合を拒んだ長崎聞役は、組合からの離席を言い渡されるのだ。そうなれば、聞役同士の情報が得られなくなる。このために自分に落ち度がなくとも長崎聞役を罷免《ひめん》された者もいるそうだ」

「馬鹿馬鹿しいですな」

誠之助は本気で腹を立てたらしく吐き捨てるように言った。助兵衛は、口をゆがめて笑った。

「そういうことだ。だが、実際には、長崎聞役はこの悪習に従わねばならぬ。もし、同輩の聞役が抗《あらが》えば、ほかの者にとっては迷惑になる。そこで、同じ藩の中で、遊郭に行こうとしない聞役を責めて、いじめるそうだ」

菜摘は目を見開いた。

「まさか、長崎にいたおりに、竹内の養父と嘉村様の間にそのようなことがあったと言われるのでございますか」

助兵衛は深々とうなずいた。

「そうだ。昔の伺い書を調べていて、ようやくわかった。嘉村殿は組合の寄合に出ることを拒み、それが正当だと重役に訴え出た。だが嘉村殿が長崎聞役の和を乱しているとして反論したのが竹内佐十郎だ。しかも佐十郎は嘉村殿を責め立てたらしい。そのことも嘉村殿は訴えていた」

「責め立てるとはどういうことだったのでしょうか」

千沙が目を瞠って問うた。

「いじめだ」

助兵衛はぽつりと言った。

「まさか、竹内の養父はそのようなことをするひとではありません」

　菜摘が言うと、助兵衛はつめたい目になった。

「男はひとたび家を出れば、家族が見ているのとは違う顔を持つものだ。佐十郎は長崎聞役のおり、同輩の嘉村殿に厳しくあたり、聞役の間で孤立させ、ついには口を利く者もいないようにしたということだ。嘉村殿は危うく腹を切らねばならぬところまで追い込まれたらしい」

　助兵衛のひややかな言い方に菜摘は言葉を呑むしかなかった。すると、誠之助が話を引き取った。

「ですが、嘉村様がいったんは国許に戻られたところをみると、もめ事は収まったのではないのですか」

　助兵衛はうなずいた。

「ほかの聞役であった峰様や佐竹様、高瀬様が間に立ってなんとか収まったらしい。だが、嘉村殿にはご家老からのお叱りがあり、佐十郎はその後、江戸藩邸の側用人となって出世の階《きざはし》を上り始めた」

「ところが、そこで足をすくわれたというわけですな」

　誠之助は腕を組んで考え込んだ。菜摘は膝を乗り出した。

「ですが、さようなもめ事があったからといって、竹内の養父が妻敵討ちに出なければならないようにするということがあるのでしょうか」

「わしはあったと思っている」

助兵衛は目を光らせて言った。

「なぜでしょうか」

菜摘は助兵衛を睨み据えた。助兵衛は嘲るような表情を浮かべた。

「そなた、わしに佐十郎の居場所を言わなかったが、昨日、間部暁斎を訪ねて聞き出してきた。佐十郎は、嘉村殿の奥方であった多佳という女人が住む平尾の待月庵におるそうではないか」

「それは――」

菜摘は言葉を返せなかった。

「暁斎はわしが佐十郎の居場所を知っていると思っていたようだ。素知らぬ顔で訊いてやったら、答えおった。それで、わかったのだ」

「竹内の養父が多佳様のところにいたことで何がわかるのですか」

「わからぬのか。佐十郎が十年の妻敵討ちの旅から戻って真っ先に訪ねたのは嘉村の奥方のところなのだ。かつて長崎聞役としてもめ事を起こした嘉村殿を帰国するなり訪ねたことにはわけがあるはずではないか」

したり顔に言う助兵衛から菜摘は目をそらした。これまでにも何度か佐十郎と多佳の間には何かあるのではないか、と思っていた。

それが、長崎聞役のころのもめ事に起因しているとしたらどういうことになるのだろうか。

養母の松江が河合源五郎との駆け落ちは仕組まれたものだったと佐十郎に話したらしいと多佳から聞いたことを思い出した。

(養父を妻敵討ちの旅に出なければならないようにしたのは嘉村様なのだろうか)

菜摘は恐ろしい疑惑に取りつかれた。

お役目での確執が養父を奈落の底へと突き落としたのかもしれない。だとすると、佐十郎はどこまで行っても救われるということがないのではないか。

菜摘は身の内から震えが起きるのを止められなかった。


同じ日、城下のある屋敷で四人の男が話していた。

「佐十郎のその後の動きはどうだ」

「病が重いそうだ。そう永くはあるまい」

もうひとりが答えた。別のひとりが口をはさむ。

「永くはない、と言っても安心はできぬぞ。早く口を封じてしまわぬと厄介なことになりはせぬか」

最初の男が答えた。

「とりあえず、佐十郎の命を縮める手は打っておいた」

黙っていた男が口を開いた。

「ほう、さすがに素早いことだな」

「長引いては面倒だからな」

口火を切った男があっさりと言った。

「それにしても、昔の友をさようにあっさり殺そうと思えるのは、さすがに出世する男は違うな」

ひとりが嘲るように言うと、苛立たしげな声が返ってきた。

「何を言う。奴がいて迷惑を被るのはわしだけではないはずだ。お主たちのことも考えてしたことだぞ」

「そうか、ならば礼を言おう。だが、お主が打った手とは何だ」

「言えぬな。お主たちも聞かぬほうがいいだろう」

「まさか、あの関根英太郎とかいう若造を使って佐十郎に毒を盛らせようというのではあるまいな」

「………」

男が答えずにいると、もうひとりの男が取り成すように口を開いた。

「言えぬと言っておるのに訊く必要はあるまい」

言われた男は含み笑いをして言った。

「それはそうだ。すべては楊梅殿《やまもも》の指図であろうからな」

一瞬、ほかの三人の男は押し黙った。やがて、その中のひとりが低い声で咎《とが》めた。

「その名を口にするな」

「いけなかったか」

楊梅殿、と言った男がひややかに笑った。

「われら三人は悔いておるのだ。だからこそ、佐十郎を許さぬと思い定めておる。

楊梅殿と言うのは、われらを嘲ることだ」

　三人は怒りを抑えかねるようにもうひとりの男を睨みつけた。睨まれた男は平然として言い返した。

「随分と善人ぶるのだな。佐十郎の女房の駆け落ち話をでっちあげることまでしたお主たちが、そんな口を利けるのか」

　最初に話し始めた男が口を開いた。

「なるほど、そうかもしれぬ。わしらは皆、ひとの道から外れておるかもしれぬ。しかし、そうしたのは佐十郎だ。われらは、やはり奴を許せぬ」

「あの男は藩での地位を棒に振り、十年におよぶ妻敵討ちの旅をしてきたのだぞ。それでも許してやろうという気にはならぬのか」

　男はため息をついて言った。

「許せぬな」

　ひとりがぽつりと言うと、残るふたりも、

「当然の報いだ」

「自業自得――」

とつぶやいた。許してやろうという気にはならぬのか、と問いかけた男は、大きく吐息をついて言った。

「やむを得ぬな」

男たちは身じろぎもせず、沈黙した。

十二

翌日——

関根英太郎が菜摘を訪ねてきた。

英太郎が訪いを告げる声を聞いて玄関まで出たのは誠之助だった。誠之助は英太郎の顔を見るなり、仏頂面をして、

「何の御用です。きょうは千沙殿はこちらへ来ていませんよ」

と言った。

英太郎はにやにや笑って、手にしていた薬箱を上げてみせた。

「これですよ」

誠之助は眉をひそめた。

「薬箱じゃないですか。それだけではわかりません」

英太郎は笑いながら言葉を継いだ。

「ご存じないかもしれませんが、わたしは藩医の関根寛斎の息子なのですよ。父は世に名医と言われております。当然、わたしも医術の心得があります」

「それがどうしたのです」

誠之助が突っぱねるように言うと、英太郎は意地悪な表情になった。

「ですから、千沙殿の婿になる立派な資格があると申し上げておる」

「なんですって」

誠之助は眉間にしわを寄せた。英太郎は笑い出した。

「冗談ですよ。ただし、半ばは本当ですな。わたしが医師としての腕前があるところを見せて千沙殿の関心をひこうというのですから」

「あなたは千沙殿との縁談は断ったはずではありませんか」

誠之助が訝しげに言うと、英太郎は目を据えて答えた。

「縁談は断りました。しかし千沙殿に岡惚れしてしまったのです。だから、遊び人のわたしだけじゃないところをお見せしようというのです」

誠之助はよく光る目で英太郎を見つめた。

「それで、姉の代診でもやろうというのですか」

「その通りです。特に竹内佐十郎殿という病人がお悪いと聞いたので、わたしが診て進ぜましょう」

英太郎はかすかにうわずった声で言った。誠之助は黙って英太郎を見つめていたが、しばらくして、

「それはよいことです。姉に伝えて参りましょう」

と言った。

英太郎は目を伏せてうなずいた。


誠之助から話を聞いた菜摘が英太郎とともに待月庵に向かったのは、一刻（二時間）ほど後のことだった。

この間に誠之助は千沙を呼んできた。

「英太郎様が竹内様を診るとはどういうことなのでしょうか」

訝しく思う千沙を誠之助は家から連れ出して、

「行ってみれば、わかることです」

とだけ言った。

菜摘と英太郎が並んで歩き、その後から誠之助と千沙がついていく。千沙はなおも小声で言った。

「なぜ英太郎様が竹内様を診るのかわたしにはわかりません」

「姉も同じことを言っていました。だからわたしが竹内様のもとへ英太郎殿を連れていくよう説き伏せたのです」

誠之助はいつになくきっぱりとした口調で答えた。

「誠之助様はなぜそんなことをされるのですか」

千沙が少し甘えた口調で言うと、誠之助は前を向いたまま言った。

「千沙殿はなぜだと思いますか」

千沙は少し考えてから口を開いた。

「英太郎様がわたしにいいところを見せようとしているから、わざと思い通りにさせて、しくじらせようとしているのではありませんか」

ああ、と誠之助は大きな声を出した。その声が聞こえて菜摘と英太郎が振り向いたが、誠之助は大きく手を振った。

「なんでもございません」

菜摘と英太郎が前を向くと、千沙は憤然として言った。

「どうして大きな声を出したのです。わたしが間違っているのなら、そう言えばいいではありませんか」

「いや、間違ってはいません。千沙殿のおっしゃる通りです。ただし、ひとつだけ違うのは英太郎殿が千沙殿にいいところを見せようとしているということです」

「違うのですか」

千沙は声をひそめて訊いた。誠之助は大きくうなずいた。

「今日のあのひとは、この間のようなうわついたところがない。いや、それどころか何かをしなければいけない、と思い詰めたような暗い翳《かげ》りがありました」

「思い詰めている？」

「はい、おそらくしたくないことをしようとしているのだと思います。それが何なのか見定めたいと思って、姉に竹内様のもとに英太郎殿を連れていくように頼んだのです」

千沙は少し黙ってうかがうように誠之助を見た。

「わたしのためではなく、ということでしょうか」

「当然です。いまの英太郎殿の頭には千沙殿のことなどひとかけらもないだろうと思います」

誠之助が自信たっぷりに言い切った瞬間、千沙は拳で誠之助の脇腹を打った。

ぐっと息をもらして、誠之助は立ち止まり、脇腹を押さえた。

「千沙殿——」

誠之助が苦しげに言っても、千沙は平気な顔でずんずんと歩いていく。


菜摘たちが待月庵に着いたのは昼下がりだった。

菜摘は訪いを告げ、玄関に出てきた多佳に、藩医の関根寛斎の息子の英太郎が佐十郎を診たいというので連れてきた、と話した。

多佳は少し驚いた表情をしたが、英太郎が進み出て、

「わたしは藩医でしか扱えない貴重な薬を持ってきております。きっとお役に立て

るかと思います」

と言うとうなずいた。

「さようですか。竹内様には今朝方、書状が届きまして、それ以来、気が昂《たか》ぶって、熱が出ておられます。よい薬をお持ちなら処方していただきとうございます」

佐十郎への書状と聞いて、菜摘は緊張した。居場所を知る者は菜摘たちのほかにいないはずの佐十郎のもとに書状が届くのはただ事ではない、と思った。

「どなたからの書状なのでしょうか」

菜摘が訊くと、多佳は小声で答えた。

「こちらの方に診ていただいてからお話しいたします。菜摘様にご相談しなければと思っていたのです」

さらに菜摘たちを奥へ案内しつつ言い添えた。

「きょうは間部暁斎様もお見えですから、ちょうどようございました」

菜摘たちが佐十郎の寝所に入ると、多佳の言葉通り枕元に暁斎が座っていた。多佳が佐十郎に、藩医の息子の英太郎が診てくれると伝えると、暁斎に支えられて体を起こした佐十郎は眉をひそめた。

「関根殿のご子息か」

英太郎は佐十郎の傍らに座り、

「さようでございます。まずはお脈を拝見いたします」

と言って、いきなり佐十郎の腕をとった。それからは意外に手慣れた様子で、佐十郎の胸の音を聞いたり、額に手を当てて熱をみたりした。

ひと通りのことをすませた英太郎は、多佳に佐十郎の熱や食欲などについて訊いた。多佳が答えると、うんうん、と何度かうなずいてから、菜摘に顔を向けた。

「胃ノ腑にしこりがございますね」

はっきりした口調で問われて、病人の前では口にしたくない、と思いながらも菜摘はうなずいた。

「さようです」

「高麗人参を持ってきております。まずはそれを病人に服用していただきましょうか」

英太郎が言うと、傍らの暁斎が、ふふ、と笑った。英太郎は怪訝な顔をして暁斎を見た。

暁斎は顔をなでて言った。

「失礼した」

「わたしが何かおかしなことを言いましたでしょうか」

英太郎がむきになって訊くと、暁斎は皮肉な笑みを浮かべた。

「いや、なるほどな、と思っただけのことです」

「なるほど、とはどういうことですか」

英太郎は食い下がるように訊いた。暁斎は鋭い目で英太郎を見た。

「かようにするのだな、と思っただけのことですよ」

暁斎は突っ放す言い方をした。

「ですから、それはどういうことでしょうか」

なおも言いながら、英太郎の顔はしだいに青ざめてきた。菜摘は英太郎の表情を見て言葉を発した。

「関根様、お持ちの高麗人参を薬湯にする前に見せていただけましょうか」

「人参を見せるのですか」

英太郎の額に汗が浮いた。

「はい。関根様がお持ちの人参にさようなことはないと思いますが、唐渡りの薬の中には思わぬ悪性のものが混じっていることがございます。患者は体が弱っておりますから、悪性のものに当たると却《かえ》って体を壊しますから」

菜摘は落ち着いて言った。

「ですが、悪性かどうかなど見ただけではわかるはずがない」

英太郎が困惑したように言うと、誠之助が菜摘の後ろから口を挟んだ。

「なに、飲んでみればわかるではありませんか。高価な高麗人参を試すのはもったいないかもしれませんが、患者の命に関わることですから、やむを得ぬでしょう」

英太郎は誠之助を睨んだ。

「あなたが飲むというのですか」

「わたしでよければ飲みましょう」

誠之助はよく響く声で答えた。顔を青ざめさせた英太郎が何か言おうとしたとき、千沙が身を乗り出した。

「誠之助様は馬のように丈夫なので、少々、悪性の薬を飲んでもこたえないと思います。それでは試しになりませんから、わたしが飲みましょう。わたしなら誠之助様と違って敏《さと》いですから」

千沙が得意げに言うと、英太郎は大きく目を閉じて、ため息をついた。

「いや、千沙殿に飲ませるわけにはいきません」

「どうしてですか。関根様がお持ちの薬がさほどに悪性なことはないと思います」

千沙が明るく言うと英太郎は目を開けて微笑した。

「まことに、あなたという女人はよいお方だ。縁談を断るなどして惜しいことをいたしました」

英太郎は少し考えてから、ご無礼いたしました、きょうは帰りましょう、と言って頭を下げた。

多佳は英太郎を見つめたが、引き留めようとはしなかった。英太郎は薬箱を持つと佐十郎に、丁寧に辞儀をした。

「あらためて参ります。そのおりには悪性ではない、とたしかめた高麗人参を持参いたしましょう」

英太郎が辞去していくのを多佳が玄関まで送った。英太郎が出ていくと、暁斎は、

「やれやれ、ほっとしたぞ」

と言った。

佐十郎は暁斎に顔を向けた。

「暁斎、何があったのだ」

暁斎は顔を横に振った。

「いや、何もない。何もなかったのだ。それでよい」

何度も繰り返す暁斎の言葉を聞いて、佐十郎は、そうか、とつぶやいた。そこへ多佳が戻ってきた。

佐十郎は多佳に向かって、あの書状を、と言った。多佳が部屋の隅の文机に置いていた書状を取って持ってくると、佐十郎は書状を見るようにと菜摘に言った。

「せっかくの高麗人参はもらえなかったが、そなたがちょうど来てくれたのは、よかった。その書状を読めばわたしの命が尽きる日がわかる。これからの手当ては無駄なことだ」

菜摘は驚いて書状を開いた。書状には、

――永年の怨み、十三夜、月が昇るころ、百道浜《ももちはま》にてとあった。百道浜とは城からほど近い玄界灘《げんかいなだ》に面した海岸である。七日後の十三夜の月が昇るころ百道浜で怨みを晴らそうというのだろうか。

菜摘は書状を読んで顔色を変えた。

「養父上、これは果し状でございますか」

佐十郎はうなずいた。

「わたしとの約束を果たす気になったようだ」

「そのお体ではとても立ち合いなど無理でございます」

「なんの、無理であることは初めからわかっておる。だが、わたしはどうしても、決着をつけねばならぬのだ」

「養父上――」

菜摘は悲痛な声をあげた。多佳はうつむいてひと言も発しない。誠之助は膝を進めて、菜摘が手にしている書状を覗き込んだ。そして、訝しげに言った。

「書状の末尾に〈楊梅より〉とあります。これは何なのでしょうか」

言われて、菜摘もあらためて書状を見た。確かに、文の終わりに少し離して、

——楊梅より

と書かれている。

「養父上、楊梅というのが、相手の名なのでしょうか」

訊かれた佐十郎は少し首をかしげた。

「さて、どういう意であろうかな。わたしには、楊梅という名は心当たりがまったくないのだがな」

佐十郎の言葉を聞いて、暁斎は眉をあげた。

「待て、佐十郎、お主、まことに楊梅という名に心当たりがないのか」

佐十郎は怪訝な顔で暁斎を見つめた。

「嘘など言ってどうなる。わたしは知らぬぞ」

暁斎はうなった。

「何ということだ」

菜摘は暁斎に顔を向けた。

「暁斎様、どうされたのですか。楊梅とは何のことなのですか」

暁斎は答えようとはせず、

「何ということだ」

とまたしてもつぶやいた。暁斎の声に悲痛なものがあった。

十三

——十三夜、百道浜

菜摘は佐十郎が永年の宿敵と果し合いをする日が近づくにつれ、どうしたらよいのか、と思い悩んだ。

百道浜は福岡城下からさほど遠くないが、いまの佐十郎の体では歩いていくことさえ覚束ない。たとえ駕籠《かご》で行ったにしても相手と立ち合うことなどできるはずがなかった。

佐十郎がそれでもいいと思っているのは、おそらく決闘騒ぎを起こすことで家中に波紋を広げ、相手を失脚させようと目論んでいるからではないか。言わば最初から相討ちを狙っているのだ。

それほどまでしてでも佐十郎が引きずり下ろそうとする相手は、勘定奉行の峰次郎右衛門しかいないと思える。

佐十郎や峰とともに長崎聞役を務めた郡奉行の佐竹陣内、それに側用人の高瀬孫大夫も怪しいが、なんといっても次郎右衛門こそが家中に隠然たる力をのばしつつある出世頭だった。

(それに、先日、養父上に高麗人参を飲ませようとした関根英太郎様の様子は怪しかった。もし養父上に毒を盛ろうとしたのだとすれば峰様のお指図に違いない)

立ち合いの日を告げる佐十郎あての書状にあった楊梅とは、次郎右衛門のことかもしれない。

そう考えると、佐十郎に決闘をやめさせるには、次郎右衛門を説き伏せるしかないように思える。そのためには英太郎の助けが必要だ。

思いめぐらした菜摘は誠之助に千沙を呼んできてもらった。この日の昼下がりに千沙はいつもの男装で誠之助とともに楽しげに菜摘の家へやってきた。

千沙を客間に請《しょう》じ入れた菜摘は向かい合って座ると、

「千沙さんにお願いがあります」

と告げた。千沙は首をかしげた。

「なんでしょうか。わたしにできることならなんでもいたします」

「わたくしを関根英太郎様に会わせていただきたいのです」

菜摘に言われて、千沙は目を丸くした。

「わたしが会わせなくとも、菜摘様が直に関根様に会おうとされればよいのではありませんか。関根様が断られるとは思えませんが」

菜摘はゆっくりと頭を振った。

「いいえ、関根様にお頼みしなければならないことがあるのです。そのためには千沙さんにいていただいたほうがいいと思います」

きっぱり菜摘が言うと、傍らの誠之助が咳払いして口を開いた。

「姉上、どうして千沙殿がいたほうがいいのですか」

菜摘はちらりと誠之助を見た。

「関根様は千沙さんを憎からず思っていらっしゃるようです。わたくしが頼み事をしたとき、傍に千沙さんがいればいいところを見せようとされると思います」

誠之助は苦い顔をした。

「さような手を使わずともほかに手立てはあると思いますが」

「どんな手立てがあるというのです。わたくしは養父上との果し合いをやめるよう峰様にお頼みしようと思っています。そのために関根様に仲立ちをしていただきたいのです。わたくしは養父上を救うためならなんでもするつもりです」

言いながら菜摘は涙ぐんでいた。誠之助は当惑した表情で、

「しかし、峰様が果し合いの相手とは限らないではありませんか」

と指摘した。

「なぜそう思うのです」

「もし、峰様が果し合いの相手なら、竹内様はかように待たずとも峰様のもとへ押しかけるのではありませんか」

「養父上は命に関わるご病気なのです」

「ならばこそ、一刻も早く決着をつけようとされるはずです。それができないのは、相手が隠れているからではないでしょうか」

「隠れる？」

菜摘は眉根を寄せて考え込んだ。誠之助はここぞとばかりに話を続ける。

「そうです。竹内様が帰国したことを知りながら、身をひそめて正体がばれないよ

うにしているのではありますまいか。だからこそ、竹内様はおびき出そうとされているように思います」

千沙が身を乗り出して言った。

「ですが、竹内様を罠にはめた者は、わたしたちがすでに会ったひとの中にきっといると思います。そうではないでしょうか」

誠之助は深々とうなずいた。

「わたしもそう思います。ですが、わたしたちの目は何かで晦《くら》まされているように思うのです。それがわかるまで、すべては慎重にしなければならないと思います」

「そうだとしても、峰様は此度のことに深く関わっておられるに違いありません。果し合いが行われないようにお頼みするのは無駄ではないと思います」

目に涙をためて菜摘に言われると誠之助も返す言葉がなかった。千沙が膝を乗り出して口を挟んだ。

「わたしもそう思います。関根様にお頼みすれば、きっと道は開けるのではないでしょうか」

千沙の確信ありげな言葉に、誠之助は聞こえよがしに大きくため息をついた。

千沙が段取りをつけて、菜摘は翌日には英太郎と会うことができた。場所は以前、千沙が英太郎と会ったという小料理屋だった。菜摘に付き添って千沙と誠之助が同行した。

十三夜まで後四日しかなかった。

菜摘たちが小料理屋に着くと、英太郎はすでに来て座敷で待っているという。仲居は案内しながら、

「先に来られたお客様は着かれるなり、冷や酒を頼まれたのでございますよ。もうだいぶ、お酔いになっていらっしゃるのではないでしょうか」

と英太郎を難じるように言った。

英太郎が酔っているらしいと聞いた菜摘は眉をひそめて座敷に入った。だが、英太郎はさほど酔った気配もなく、青ざめた顔でじっと宙を見据えていた。

仲居が、お連れ様がお見えになりました、と声をかけると、ようやくはっとして振り向いた。

菜摘の顔を見た英太郎は緊張した顔で深々と頭を下げた。仲居が下がるのを待っ

て菜摘は英太郎の前に座ってから問うた。

「なぜ、そのように頭を下げられるのですか。きょうはわたくしのほうにこそお頼み事がありますのに」

英太郎は意外そうな顔をした。

「先日のことを咎めるためにわたしを呼び出したのではないのですか」

「それは竹内佐十郎様にお勧めした高麗人参のことでしょうか」

「はい」

英太郎は苦しげにうなずいた。菜摘は英太郎を見据えて言葉を重ねた。

「あの高麗人参は毒だったのですね」

「煎じたものに毒を混ぜるつもりでした」

目を閉じて英太郎は答えた。千沙と誠之助は息を呑んで英太郎を見つめた。あのとき、英太郎の様子がおかしいとは思ったが、毒を盛ろうとしていたとまでは、ふたりとも考えていなかった。

「そうするように関根様に命じられたのは、峰次郎右衛門様ではありませんか」

菜摘に訊かれて、英太郎は黙ったが、しばらくして大きくうなずいた。菜摘はため息をついてから言葉を継いだ。

「それならば、わたくしの頼み事を聞いていただけるのではないかと思います。わたくしはぜひとも峰様にお目にかかってお話し申し上げたいことがございます。おとりなしをお願いいたします」

菜摘は頭を下げて頼んだ。英太郎は首をかしげて訊き返した。

「そこまでして峰様に会わねばならないのは、やはり、あの竹内佐十郎という方のためなのですか」

「さようです」

菜摘は英太郎の目を見据えて答えた。英太郎はううむ、とうなり声をあげ、

「峰様は十年前、妻敵討ちの旅に出た竹内佐十郎殿が国に戻れば騒動が起きる、竹内殿は死病に取りつかれていて、いずれにしろ助からぬ身ゆえ、死期を早めて騒動が起こるのを未然に防げと言われたのです」

と言った。菜摘は冷徹な目を英太郎に向けた。

「医師たる者が聞いてはならない言葉ですね」

「まったくその通りです」

英太郎は肩を落とした。千沙がすかさず、

「ですから、罪滅ぼしに菜摘様を峰様に会わせてくださいまし」

罪滅ぼしと言われて、英太郎はさらに悄然《しょうぜん》としたが、それでも思い直したように
うなずいた。

「わかりました。お引き合わせいたしましょう」

菜摘はほっとして笑顔になった。英太郎は少し考えてから問うた。

「しかし、峰様に会ってどうされようというのですか」

「竹内様は誰かに罠にかけられて妻敵討ちの旅に出たのです。国許に戻り、その
ひとに復讐をしようとしています。そのひとからも果し合いの書状が届きました。

ですが、いまの竹内様が果し合いをするのは命を縮めることでしかありません。

峰様こそが果し合いの相手かもしれないので、思いとどまるよう申し上げたいの
です」

菜摘が話すと、英太郎は、ははあ、なるほど、と声をあげた。先ほどまでの悄然
とした様子とはうってかわって、どこかひとを馬鹿にしたような声だった。

誠之助が顔をしかめて言った。

「ははあ、なるほどとはどういうことです。姉の疑いは間違っているとでも言いたいのですか」

英太郎は誠之助がいたことに初めて気づいたような顔を向けて答えた。

「さようです。峰様はなるほど野心家で策謀多きひとですが、やり方は回りくどくはありません。狙ったものにはすぐに手を伸ばします。わたしの縁談相手である千沙殿が竹内殿の一件と関わりがあると知るや、縁組を急がせたり、竹内殿に毒を盛ろうとさえしました。果し合いなどまわりくどいやり方は峰様の好まないところだと思います」

誠之助はうなずきながらも、あえて英太郎に逆らうような言葉を口にした。

「自分の利害がからめば好む、好まないなど関わりないのではありませんか。ひとはおのれを守るためなら好まないことでもするでしょう」

誠之助が言ってのけると、英太郎は、ははあ、なるほど、とまた大仰な声をあげた。そして低い声で付け加えた。

「つまり、あなたは自分を守るためなら好きでもないことをするひとだ、ということですな。よくわかりました」

言いがかりにも似た思いがけない英太郎の言葉に誠之助が鼻白むと、英太郎はすかさず千沙に向かって、

「ひとは、思わぬところでおのれをさらけ出すものです。このひとのいまの言葉はよく覚えておかれたがよろしいでしょう」

と抜け目なく言った。佐十郎に毒を盛ろうとしたことが千沙の前で暴かれ、面目を失した英太郎は、誠之助に難癖をつけることで失地回復を狙っているのだ、と誠之助は悟った。

大きく息を吸い込んだ誠之助は英太郎を怒鳴りつけようとした。だが、千沙はすでに何事か考え込んでいる。誠之助はあわてて、

「わたしが言っているのは、そんなことではない——」

となだめるように言いかけたが、菜摘が遮った。

「関根様がおっしゃることはよくわかりました。それでもわたくしは峰様に直にお話をうかがって確かめたいと思います。少なくとも峰様は竹内様が果し合いをしようとしている相手が誰なのかをご存じだと思いますから」

菜摘の毅然とした口調に、英太郎は真面目な顔つきになってうなずいた。

千沙は英太郎の言葉を吟味するかのように、ちらりと誠之助を見た。誠之助は憤《ふん》懣《まん》やる方ないという顔で腕を組んだ。


ある屋敷に四人の男が集まっていた。

「佐十郎は楊梅様の名を知らなかっただと。そんなはずはない」

ひとりの男が憤然として言った。もうひとりが腕を組んで、

「まさかとは思うが、もしそうだとすると、わしらは思い違いをしていたということになるのか」

と重苦しい声を出した。別の男が苛立って吐き捨てるように言った。

「そんなことはない。佐十郎はとぼけているのだ」

「いや、わしにはそうは思えなかった」

最初に佐十郎が楊梅様を知らないようだ、と言った男が考え込みながらつぶやいた。

「だが、もしそうだとしても、いまさら同じことだ。そうではないのか」

ひとりがほかの男たちを眺めまわして、同意を求めた。

「そうだ。佐十郎のしたことは消えぬ。たとえ、どうあれ、許されぬことだ」

「その通りだ。知っていようがいまいが、おのれのなしたことの罰は受けねばならん。逃れようはないのだ」

「そうだな。われらが気に病むことはない」

「では、やはり、やるのか」

佐十郎が知らないのではないかと言った男が確かめるように訊いた。ひとりが大きくうなずいた。

「そうだ。もはや退き返せぬ」

「やらねば楊梅様が承知するまい」

そうだな、とつぶやいた男が低く笑うと、ほかの男たちもつられるようにして翳りのある笑い声をあげた。

十四

翌日――

田代助兵衛は城の書庫にこもって、昔の文書を読みふけりながら、帳面に何事か書きつけていった。

朝早くから始めて、昼過ぎになってようやく終わったらしく、助兵衛は筆を置いた。そして得心がいったのか、

「そういうことであったか」

とつぶやいた。助兵衛は調べていた文書を棚に戻すと、書庫を出た。薄暗い書庫で文書と首っ引きだっただけに、外の光がまぶしかった。

助兵衛はまぶたをごしごしこすって、大きく背伸びした後、大廊下を通って側用人の御用部屋に行った。

側用人の高瀬孫大夫はあわただしく書類を見ながら、配下の者に指示をしていた。孫大夫は御用部屋に入ってきた助兵衛に気づいたが、何も言わず、気忙《きぜわ》しげに仕事をこなしていった。

その間、助兵衛は御用部屋の隅に端座したまま、ひと言も言葉を発しない。しばらくして、我慢できなくなった孫大夫が声をかけた。

「田代、何か用事があるなら申せ。さように石地蔵のようにしておられては却って

気になってしまうぞ」

助兵衛はにやりと笑って孫大夫のもとに行って座った。

「恐れ入ります。いささか気になることができましたゆえ、お訊ねいたしたく参上したしだいでございます」

助兵衛が馬鹿丁寧に言うと、孫大夫は、

「何が聞きたいのだ」

とぶっきらぼうに答えた。

「嘉村吉衛様のことでございます」

「死んだ者のことを訊いてどうなるというのだ」

孫大夫はうるさげに答える。だが、助兵衛は動じないで話を続けた。

「嘉村様は二度目の長崎聞役のおり、長崎にて亡くなられましたが、息を引き取られたのは、まことに奇妙な場所でございましたな」

「どこであったかな」

とぼけた口調で孫大夫は言った。助兵衛はじろりと孫大夫を見た。

「オランダ商館でござる」

「そうであったな。わが藩の長崎聞役が、よりにもよってオランダ商館で死ぬとはな」

孫大夫はため息をついた。

「嘉村様は病で亡くなられたとのことですが、なぜオランダ商館で亡くなったのかは書類に記されておりません」

「幕府の長崎奉行が目を光らせておるのだ。わが藩としては、まず骸《むくろ》を引き取り、噂にならぬようにするのが精一杯であったのだろう」

孫大夫は手元の書類に目を落とした。

「ではございましょうが、それならそれで嘘でも病名を書き残しましょう。それができなかったのではございますまいか」

助兵衛は探るように孫大夫の顔をうかがい見た。

「どういうことだ」

孫大夫はじろりと助兵衛を睨んだ。

「誰かに殺されたのかもしれませぬ。刀の傷痕があれば、病と偽るのもはばかったでしょうからな」

「なるほどな、そういうことか」

孫大夫は急に興味を失ったように書類の文字を目で追い始めた。その様子を見て、助兵衛はにやりと笑った。

「わかりましてございます。お騒がせいたしました」

助兵衛は頭を下げて立ち上がった。孫大夫は顔をしかめて訊いた。

「おい、わかったとは何のことだ」

「嘉村様はまことに病にて亡くなられたということです」

「それは初めからわかっていることではないか」

「いや、ひょっとして違うのかもしれぬと思って高瀬様にお訊きしたのです。高瀬様はそれがしが嘉村様は何者かに斬られたのではないか、と言うと安堵《あんど》されたご様子でした」

「さようなことはない」

孫大夫は苦い顔になった。だが、助兵衛は平気な顔で言葉を継いだ。

「それゆえ嘉村様は病死に間違いないと見ました。さらに、なぜオランダ商館で亡くなったかと言えば、オランダ商館にはオランダ人の医師がおります。嘉村様はその医師の治療を受けられたのではありますまいか」

助兵衛は言い残して御用部屋を出ていった。その助兵衛の背中を孫大夫は憎々しげに睨みつけた。


助兵衛はその後、郡奉行の御用部屋を訪れた。

郡方は奉行の屋敷を役所としているが、月に二度ほど登城して、勘定方や町方と協議をする。きょうがその日であることを助兵衛は知っていた。

助兵衛が御用部屋に入ると、佐竹陣内は目敏く気づいて、

「おう、田代ではないか。何事かあったのか。ちょうど、退屈していたところだ。話をしていけ」

と声をかけた。助兵衛が前に座ると、陣内はあわただしく小姓に茶を持ってくるよう言いつけた。

そして立て続けに世間話をして、さほどおかしくない話でも大声で笑った。だが、小姓が持ってきた茶を助兵衛が飲み干すのを待っていたかのように、

「お主がわしを訪ねてくるとは、おおかた竹内佐十郎の一件だろう」

と声をひそめて言った。いままでの談笑はまわりにいる配下に怪しまれないようにするためだったらしい。助兵衛は落ち着いて答えた。

「さようでございます。きょう、書庫で書類を調べておりましたところ、いささか気になることが出てきましたので、おうかがいしたいと思いまして」

「ほう、どんなことだ」

「嘉村吉衛様は、竹内佐十郎が妻敵討ちの旅に出た翌年六月に長崎聞役となることを執政に願い出て許されておりますな」

「そうであったか」

「さよう。そのおり、まわりの者はこれから重職に上がろうとする嘉村様がなぜ長崎に戻られたのか、と不審に思わなかったのでしょうか」

「さて、どうであったかな。嘉村は長崎が気に入っておったゆえ、また行きたくなったのだろうと誰もが思ったのではないかな」

陣内はさりげなく答えた。

「それはいささかおかしゅうございます」

助兵衛が意地悪気な目をして言うと、陣内は顔をそむけた。

「嘉村が長崎を気に入っていたのがおかしいというのか」

「はい、書庫で嘉村様の長崎聞役のおりの報告書をあらためました。すると、嘉村様はオランダ人や清国人が暮らす長崎を風儀の悪い地だとして難じることがたびたびあったようでございます。嘉村様は長崎の丸山遊郭での遊びなどを嫌い、長崎には亡国の兆しが見えるとまで書いておられます」

助兵衛は鋭い目で陣内を見つめた。陣内はおもしろげに助兵衛を見返し、

「そなたもお役目についておればわかろう。報告書に本音を書くものなどまれだぞ。長崎の風儀の悪さが気に入っておったがゆえに、自らはそれに染まっておらぬと大真面目に報告しておったのかもしれぬぞ」

と軽い口調で言った。

「なるほど、さようでございますか。わかり申した」

助兵衛はあっさり引き下がって立とうとした。陣内は薄い笑みを浮かべた。

「わかったとは何がわかったのだ」

「嘉村様の報告書は嘘偽りとは思えぬものでございました。さらに申せば家中にての評判も物堅い方で通っております。それなのに、長崎では違ったかもしれぬと佐

竹様がおっしゃるのは、日頃の嘉村様とは違う、何かがあったからでございましょう」

　助兵衛が立ち上がって出ていこうとすると陣内はからからと笑った。

「田代助兵衛、とんだ勘違いだぞ。ほれ、旅の恥はかき捨てと申すではないか。堅物の嘉村も長崎に赴けばただの男だったということだ。ありもせぬことを思い込むととんだ恥をかくことになるぞ」

「佐竹様のお言葉、承《うけたまわ》りましてございます」

　助兵衛は振り向いてうやうやしく頭を下げた後、踵《きびす》を返して大廊下に出た。

　助兵衛が次に向かったのは勘定奉行の御用部屋だった。

　文机に向かい、書類を認めていた峰次郎右衛門は助兵衛が御用部屋に入っていくと、顔も上げずに、

「助兵衛、そなたが御用部屋をまわってはいらざることを訊きまわっていることは、わしの耳にすでに入っておるぞ。わしは話すことはないゆえ、とっとと出ていけ」

と叱責するように言った。

助兵衛はそれにめげずにするすると次郎右衛門の前に行って座ると手をつかえて頭を下げた。

「いかにもさようかとは存じます。されど、ひとつだけおうかがいしたいのでございます。それさえ訊ければすぐに退散いたします」

「答えることはないと言ったはずだ」

次郎右衛門はあくまでつめたく突き放した。しかし、助兵衛はかまわずに、さらに次郎右衛門に身を寄せ、耳元で囁くように訊いた。

「各藩の長崎聞役の中には、地元の商人と手を組み、抜け荷を行ってたいそうな利を得る者がいると聞き及んでおります。嘉村様はさようなことはなさいませんでしたでしょうか」

次郎右衛門は助兵衛を見据えて低い声で言った。

「そなた、さようなことを正気で申しておるのか。長崎聞役が抜け荷をしているなどと公儀の耳に入りでもしたら、お家はお取りつぶしになるやもしれんのだぞ」

「しかし、嘉村様は大金の入用があったように思いますが」

助兵衛は鼬のような顔つきで言った。

「そのようなことは知らん――」

憤りが籠った声で言いかけた次郎右衛門は、はっとして口をつぐんだ。

「ほう、やはりさようでございますか。もとより、それがし、嘉村様が抜け荷に手を出したなどとは思うておりません。ただ、大金を欲しておられたことだけわかればよいのでございます」

助兵衛はにやりと笑って、頭を下げると立ち上がった。次郎右衛門はもはや助兵衛に声をかけようとはしなかった。

何事もなかったかのように書類に目を落とし黙々と仕事を続けるのだった。


この日の夕刻、下城した助兵衛は屋敷には戻らず、町家が立ち並ぶ一画に行くと、さらに城下を流れる川の渡し場に行った。

渡し場のそばには船宿めいた店があり、夜釣りの客などに舟を出していた。助兵衛が店に入っていくと、心得顔の番頭が出てきて、

「もう、舟は用意してございます。どちらへ参られるのでございますか」

と訊ねた。助兵衛は答えず、舟の借り賃を渡した。

番頭は苦笑して、それ以上は訊かなかった。

横目付の助兵衛は動きをひとに知られたくないとき、この船宿の舟を使ってきた。夜釣りと見せかけて川を下り、探索する場所に行くのだ。

助兵衛は船着き場に行くと用意されていた舟に乗り込んだ。船頭が櫓《ろ》をこいで、舟はすべるように出た。

すでに夜になり、川面は黒々としていた。

助兵衛は言葉少なく、下流の船着き場に着けるように言うと、しばらく舟の上で考え込み、時おり、

――そうに違いない
とつぶやいた。

やがて下流の船着き場に着くと酒代を船頭に渡して下りた。暗い道をさほど迷うことなく進んだ助兵衛は小さな寺の門前に立った。

境内《けいだい》は闇に沈んで静まり返っている。助兵衛は境内の奥にある塔頭《たっちゅう》に向かった。

塔頭の戸の間から灯りがもれているのを見て、助兵衛はにやりとした。階をあがっ

て格子戸に手をかけ、

「横目付の田代助兵衛でござる」

と声をかけた。中から応ずる声は無かったが、助兵衛は構わず格子戸をがらりと開けて中に入った。百目蠟燭《ひゃくめろうそく》の火が揺れている。

塔頭の板敷に座った人物の黒い影が板壁に映っていた。

助兵衛は相手の前に座って、

「ようやくすべてがわかり申した」

と言った。相手は何も答えないが、助兵衛はゆっくりと話し始めた。

「探るのに苦労はいたしましたが、それだけの値打ちのあることでござった。なにせ、これから藩を担っていく大物たちの秘密を握ったのでございますから、それがしの将来は安泰と申すものでござる。いずれは加増や出世も望めましょうからな」

相手はかすかに、ふふ、と笑ったようだ。

助兵衛は嫌な顔をした。

「加増や出世を望んではさもしいと思われますか。しかしながら、皆、同じことでございます。

ござろう。少ない家禄で懸命に働くのは将来の楽しみがあればこそでございます。それがしはいささか近道をしようと思っておりますが、別にやましくはございませんぞ」

助兵衛が囁《ささや》くように言うと、相手は小声で答える。聞き取れなかった助兵衛は、

「何でござろうか」

と身を乗り出した。すると、相手はさらに声をひそめた。

「この寺の者たちには決して塔頭に近づいてはならぬと申しておりますゆえ、もそっと大きな声を出されてもかまいませぬぞ」

と言いながら、助兵衛はなおも囁く相手のそばに寄った。相手の口元に耳を近づけようとした助兵衛は、突然、うっ、とうめき声をあげた。

助兵衛は自分の胸元を見た。脇差が突き立っている。相手が助兵衛を近寄らせて刺したのだ。

「まさか、信じられぬ。このようなことをするとは」

助兵衛は目を見開いて相手を見つめた。その瞬間、助兵衛はごぼっと音を立てて血を吐いた。

相手が用心深く脇差を引き抜くと、助兵衛は頽《くずお》れて板敷に横倒しになった。相手は助兵衛の顔に死相が浮かんでくるのをじっと見つめた。もはや絶命したと見て、相手は脇差の血を助兵衛の羽織の裾でぬぐった。

それから、百目蠟燭の火を吹き消した。助兵衛が呼び出した相手が塔頭から出ていったのは、それからしばらくしてのことだ。

格子戸から差し込む月光が青白く助兵衛の死顔を照らしていた。

十五

助兵衛が殺されたことを菜摘に報せたのは千沙だった。

真行寺という寺の塔頭で血に染まった助兵衛が倒れていたのだという。

千沙の父、稲葉照庵が町役人に呼び出され、番所に運ばれていた助兵衛の遺骸をあらためたという。

「おそらく脇差だろうということでしたが、刃物で胸を一刺しされ、息絶えられていたそうです」

さすがに青ざめた顔でこのことを告げた千沙はうっすらと目に涙をためていた。

あの助兵衛が死んだとは信じられなかった。

どこか世をすねたような意地悪な物言いをする男だったが、言葉をかわしていて、さほど嫌な思いをしたことがないのが、不思議だった。

佐十郎の一件を熱心に調べるのは、何か思惑があったのかもしれないが、それだけではない、親切さも助兵衛にはあったような気がする。そんなことを思うと、悲しみがこみ上げてくるのだった。

千沙が訪れた気配を察して部屋から出てきた誠之助も、助兵衛が死んだと聞かされて呆然とした。

「助兵衛殿が、もうこの世にいないとは」

誠之助は長嘆息した。

菜摘も信じられない思いは同じだった。助兵衛は、

――鼬
と渾名されるほど、ひとの秘密を嗅ぎまわり、家中では嫌われていたようだが、接してみると、どこかに愛嬌ややさしさが感じられた。いなくなって、これほどの

寂しさを感じるとは思いがけないことだった。

それにしても、助兵衛は何者に殺されたのだろうか。

助兵衛は横目付だっただけに、お役目のことで誰かの恨みを買っていたのかもしれない。しかし、菜摘には助兵衛が佐十郎の件に関わったために殺されたのではないかと思えてならない。

そんなことはないはずだ、と胸の中で打ち消しても疑念が浮かび上がってくる。もし、そうだとすれば、助兵衛を命が奪われるような事件に巻き込んだのは、自分だということになる。

申し訳ない、という悔恨の思いが菜摘を苦しめた。菜摘が考え込んでいると、千沙が膝を乗り出した。

「わたし、助兵衛殿のお屋敷に行ってみようと思います」

千沙は思い切ったように言った。菜摘は眉をひそめた。

「助兵衛殿が亡くなられてお屋敷は大変でしょうから、行くのはどうかと思いますが」

「ですが、もし、助兵衛殿が何かを探り出したために殺《あや》められたのだとしたら、屋敷に手がかりが遺《のこ》されているのではないでしょうか。いますぐ行かなければ、手がかりは無くなってしまいます」

真剣な表情で千沙は言った。傍らの誠之助も顔を大きく縦に振った。

「姉上、わたしも千沙殿の言う通りだと思います。いまから助兵衛殿の屋敷に行って参ります」

誠之助まで言い出したので、菜摘もやむなく承知した。

「わかりました。くれぐれもご葬儀の邪魔にならぬようにしてくださいね」

誠之助と千沙は、はい、と声をそろえて答えると出かけていった。

佐十郎が百道浜で果し合いをする十三夜まで後、二日だ。


助兵衛の屋敷の門前に誠之助と千沙が着いたのは、昼過ぎのことだ。屋敷は門が閉められ、静まり返っていて、ひとの気配がしない。

誠之助が門を叩いて、

「お頼み申します」

と声をかけると、しばらくして、門がわずかに開いて家僕の弥助が顔をのぞかせ

た。やつれた顔の弥助は誠之助と千沙を見ても、誰なのかわからない様子だったが、

――ああ
とひと声、発して門を開いた。

「お出でなさいまし」

弥助は誠之助と千沙を門内に請じ入れると、すぐに門を閉じた。

「弔問の方が見えられるのに、門を閉じてよいのですか」

誠之助が声をひそめて訊くと、弥助はゆっくりと頭を振った。

「お役人様が取り調べることがあるからと、まだご遺骸を引き渡してくださいません。それに門を閉じて、誰も屋敷に入れるなと命じられております」

弥助の言葉に誠之助と千沙は顔を見合わせた。殺された助兵衛の遺骸をいまなお引き渡さないとはどういうことなのだろう。

千沙は表情を曇らせた。

「それでは、わたしたちがお訪ねしては、ご迷惑ですね。すぐに帰ります」

千沙が誠之助をうながして出ていこうとすると、弥助はすがるようにして言った。

「お待ちください。もし、何かあったら、おふたりに渡すよう旦那様から預かって

いるものがあるのです」

「田代様がわたしたちに何か渡そうとされていたのですか」

千沙は目を瞠った。弥助はうなずいて、

「旦那様は、藩のお偉い方にまつわることを調べておいででした。先日、わたしに、もし自分が屋敷に戻らなかったおりに、おふたりに渡すように言われて、手控え帳を預けられたのです」

と言うと、あたりの様子をうかがいながら、誠之助と千沙を玄関から上げた。屋敷の中は以前、来たとき同様に、ひっそりとしていたが、主人が帰ってこないためか、冷え冷えとしていた。

奥座敷へ案内したふたりをしばらく待たせて、弥助は紙を綴《と》じ合わせた手控え帳を持ってきた。

「ご覧くださいませ」

誠之助は弥助から渡された手控え帳をゆっくりとめくっていった。内容を読んでいくに従って誠之助の表情が緊張していった。

千沙が誠之助の顔をうかがい見て訊いた。

「何が書いてあるのですか」

「どうやら、田代様は峰様や佐竹様、高瀬様の身辺を調べておられたようです。そして三人が時おり、ひと目を忍んで会合を持たれていることを突き止められたのです」

「三人が会われていたのですか」

「それも、決まって寅《とら》の日なのだそうです。それで田代様は三人の集まりを寅の会と呼ばれていたようです」

「寅の会――」

「はい、その寅の会に時おり、三人のほかに加わるひともいたのです。田代様はそのひとからなら、すべてを訊き出せると考えたのです」

誠之助は手控え帳をめくりながら答えた。

「そのもうひとりとは誰なのでしょうか」

千沙が訊くと、誠之助は顔を上げ、ひそめた声で答えた。

「間部暁斎様です」

「間部様が？」

千沙は息を呑んだ。すると、弥助が身じろぎして口を挟んだ。

「ここにはいつ、お役人が見えるかわかりません。その手控え帳はお持ち帰りになってお調べください」

誠之助はうなずいて、千沙に顔を向けた。

「弥助さんの言う通りです。お役人が見えたら、これを持ち出すこともできなくなります。帰りましょう」

千沙は弥助に向かって頭を下げた。

「田代様がお亡くなりになられたというのに、ご焼香もできず、申し訳ございません」

弥助はかすかに笑みを浮かべた。

「いいえ、旦那様はおふたりが見えて手控え帳を持っていかれるのを喜ばれていると思います。なにせ、ひとに嫌われる方でしたが、おふたりと出かけるときだけは楽しそうにされていました。よほど気が合われたのでしょう」

弥助に言われて誠之助は胸を突かれた。

助兵衛が自分たちといて楽しかったのかどうかはよくわからない。しかし、お役目でもない調べ事に面倒がらずにつきあってくれたのは助兵衛の好意だったような気もする。

「田代様はよいお方でした」

千沙がぽつりと言った。すると、弥助は涙をこらえかねたのか、両手で顔を覆うと、くぐもった声で、

「旦那様は幼いころにご両親を亡くされ、親戚をたらいまわしにされて、それは苦労なさいました」

と言った。

弥助は助兵衛が生まれて間もなく家僕として雇われた。両親が亡くなり、助兵衛が親戚に預けられると、弥助も親戚の家についていき、身のまわりの世話をし続けたのだという。

「ですが、親戚の方は皆様、旦那様を邪魔者あつかいにされ、出ていけがしの仕打ちを受けたことは数え切れません」

「お気の毒な」

千沙が目を伏せると、弥助はため息混じりに言葉を継いだ。

「旦那様は元服され、家督を継がれると、親戚の家を出られました。それ以来、この屋敷で暮らし、親戚づきあいも断たれたのです。幼いころはやさしいお人柄でしたが、苦労されてからはひとを信じないようになられました。それだけに、ひとの悪事を暴くのがお好きで、横目付のお役につかれてからは、まるで憑《つ》かれたように、家中の方の裏を探っておられたのです。そのため親しい方もおられず、奥方もお迎えにはなりませんでした」

「そうだったのですか」

誠之助はうなずきながら、助兵衛は孤独な男だったのだ、と思った。弥助はなおも話を続ける。

「そんな旦那様がなぜかおふたりのことは気に入られて、お役に立てるのが嬉しそうでございました。おそらくおふたりの裏表のないご気性を好まれたのだと思います」

涙を手でぬぐいながら弥助が言うと、千沙はたまりかねたように膝を乗り出した。

「田代様がそのように思ってくださっていたとは知りませんでした。それだけに、もしや、わたしどもに関わりがあることで、田代様が殺されたのではないかと気にかかります」

弥助は大きく息をついた。

「それはわたしにもわかりません。ただ、旦那様はお出かけになるとき、これで決着がつくだろう。それにしても、世の中にはまさか、と思うようなことがあるものだな、とおっしゃっておられました」

誠之助は首をかしげた。

「まさか、と思うようなことと田代様は言われたのですか」

「はい、さようです。そして、無惨なものだ、とも言われたのでございます」

無惨、という言葉を聞いて誠之助と千沙は顔を見合わせた。助兵衛は何を知って、無惨だと思ったのだろう。

誠之助と千沙はあらためて弥助に悔みの言葉を言ってから辞去した。門まで見送った弥助はふたりが去っていくのをずっと見送っていた。

その姿はひどく寂しげだった。

この日の夕刻――

四人の男がある屋敷に集まって話をしていた。

「助兵衛が死んだぞ」

ひとりがぽつりと言うと、別な男が、

「あの男は余計なことを知りすぎた」

とつぶやいた。

「だが、それにしても殺すことはなかった」

もうひとりが不満げに言った。話の口火を切った男が、うんざりしたように言葉を添えた。

「助兵衛を殺したのは、わしではないぞ」

「わしでもない」

「わしを疑うな、わしも殺してはおらんぞ」

ひとりを除いて、三人が口々に助兵衛を殺してはいないと告げた。残るひとりは沈黙している。男たちのひとりが、

「やはり、お主か。横目付を殺してどうするのだ。このままではすまぬぞ」

と憤った。黙っていた男はゆっくりと口を開く。

「誰が殺したかなど、どうでもよいではないか。助兵衛は知るべきではないことを知った。それゆえ楊梅様の怒りにふれたということだ」

「そうか、楊梅様か――」

男がうめくように言った。

「助兵衛め、よけいなことをほじくり出しおって」

「馬鹿な男だ」

男たちは腹立たしげに言葉を継いだ。いましがたまで黙っていた男はほかの男たちを見まわした。

「だが、どうする。いままでのことはともかく、横目付が死んだのだ。目付が詮議《せんぎ》を始めることになるであろう」

「だとしても何もわかるまい」

ひとりが吐き捨てるように言った。だが、ほかの者たちを見まわした男はゆっくりと頭を横に振った。

「いや、助兵衛は調べたことを何かに書き残しているかもしれぬ。しかも今日の昼間、助兵衛の屋敷を稲葉照庵の娘と女医者の弟が訪れたようだ。ひょっとすると、助兵衛が書き残したものを彼の者たちが手に入れたかもしれぬ」

「それはまずいな。だとすると、われらのことも知られてしまうかもしれぬ」

「どうする」

別な男が困惑した声で言った。

「やむを得ぬ。始末するしかあるまい」

「照庵の娘と女医者の弟をか」

「いや、女医者もだ」

ひややかに男は言い放った。

「酷いな」

うめくようにひとりが言った。

「仕方がないだろう。十三夜に佐十郎を百道浜に引きずり出す。それで決着がつく。すべては終わって、何もなかったことになるだろう」

男は冷徹に言ってのけた。

「さようにうまくいくかな」

ひとりが嘲るように言うと、ほかの男たちは押し黙った。

十六

翌日——

菜摘は、朝から間部暁斎を訪ねた。

佐十郎は明日の夜、百道浜で果し合いをすることになっている。それまでに、佐十郎をめぐって何が起きたのかを解き証《あか》し、佐十郎の果し合いを止めねばならない。

菜摘は懸命な思いにかられていた。

突然の菜摘の訪れにも暁斎は驚かずに、客間で会った。菜摘は挨拶もそこそこに懐から助兵衛の手控え帳を取り出した。

菜摘が手控え帳を差し出すと、暁斎は鋭い目を向けた。

「それは何ですかな」

「亡くなられた田代助兵衛様が書き残されたものでございます」

菜摘はじっと暁斎の顔を見つめた。

「なぜ、わしのもとに田代殿が書き残したものを持ってこられたのだ」

「先生のお名前が記されていたからです」

「ほう、わしの名が――」

暁斎は驚いた様子もなくつぶやいた。菜摘が畳に置いた手控え帳をとろうともしなかった。

「はい、十年前からいまにいたるまで、養父をめぐって起きていることについて先生はすべてをご存じなのだ、と思います。養父は明日の夜には百道浜で果し合いをしようとしています。そうなれば養父の命はありません。わたくしは養父に少しでも生きのびて欲しいのです」

「佐十郎の病は重いようだ。たとえ、果し合いをやめさせても、どれほど生きのびられるかわからぬのではないか」

暁斎は無慈悲に言ってのけた。菜摘はきっとなって暁斎を睨んだ。

「たとえ、わずかな日々であったにしても、心安らかな時を過ごしてもらいたいのです。ひとを憎み、争いながら命を終えるのは酷いことだと思います」

「だが、憎悪の炎に身を焦がしながら死んだ男もいるのだぞ」

暁斎は暗い表情で言った。

「どなたのことでございましょうか」

驚いて菜摘が問うと、暁斎はしばらく目を閉じて考えをめぐらした後、口を開いた。

「嘉村吉衛だ」

暁斎の口から嘉村吉衛の名を聞いて菜摘は胸が騒いだ。暁斎は終《つい》に真実を話そうとしているのだ。

「長崎聞役のおり、養父と嘉村様の間に諍《いさか》いがあったということは田代様からお聞きしました」

「そなたには信じられぬことかもしれぬが、佐十郎は吉衛を執拗にいじめた。吉衛はその苦しさから、佐十郎を斬ったうえで、腹を切ろうと思ったことさえあったようだ」

「そこまでの確執だったのでございますか」

菜摘は唇を嚙んだ。あの温厚な佐十郎がそこまでのことをするとはいまでも信じられない思いだった。

「佐十郎がそこまでしたのにはわけがあったのだ。わしはそのことを詳しく知らなかったが、その後、峰次郎右衛門様から聞かされた。そして峰様と佐竹様、高瀬様の会合に出るようになった」

「それが、寅の会でございますね。田代様はそう呼んでおられたようです。毎月、寅の日に集まられておられたのではありませんか」

「助兵衛め、そんなことまで調べていたのか」

暁斎は手控え帳を手にとって、ゆっくりと読み始めた。

「なるほどな。集まりはいつも、寅の日だったのか、気づかなかった」

さりげなく言った暁斎はふと手控え帳をめくる手を止めた。そこには、

トリカブト
カワラヨモギ
スイカズラ
ゲンノショウコ

など植物の名が記され、その隣に、

——嘉村氏、長崎ニテ蒐集《しゅうしゅう》セリ。何故カ

と書かれている。

「これが、どのような意味か、そなたわかるか」

暁斎はさりげなく訊いた。菜摘は頭を横に振った。

「嘉村様が長崎でこれらの植物を集められたのだと思います。わたくしの弟や稲葉照庵様の娘の千沙さんと一緒に考えてみましたが、何のことかわかりませんでした」

「そうか」

うなずいた暁斎は手控え帳を閉じた。

「わしが峰様たちの話し合いに出ていたのは、できれば佐十郎を救いたいと思ったからだ。しかし、それは無理なことだ、と話を聞く間にわかってきた」

「どうしてなのでございましょうか。罪もない養父がかようにまで苦しむ謂《いわ》れはないと存じます」

「佐十郎に罪はある。そなたも察しておろう」

晩斎はきっぱりと言い切った。

「わたくしにはわかりません」

菜摘はかすれた声で答えた。

「そうかな。多佳殿のことだ」

淡々と晩斎は言った。菜摘は息を呑んだ。

「多佳様——」

「佐十郎と多佳殿は幼馴染でな。若いころ、たがいに思い合っていたらしい。だが、武家は好もしいと思っている相手と夫婦《みょうと》になれはせぬ。おたがいに親が決めた相手と夫婦になった」

「そうだったのですか」

菜摘は目を伏せた。十年ぶりに帰国した佐十郎と会ったとき、床に臥せっていた佐十郎が一瞬、多佳の手を握ったのを見たことを思い出した。

その後もふたりの間に情の通い合いがあるのを感じたことがある。しかし、何よりも妻敵討ちの旅で病を得て、身も心も傷つき果てた佐十郎が多佳の世話を受けているということだけからでも、ふたりの間に思いがあることはわかる。いままではそう思わないようにしていただけなのだ。

「たとえ、おふたりの間にさようなお心があったとして、許されぬことなのでしょうか」

菜摘は暁斎を見つめた。

「心の裡《うち》にあるだけなら、咎めようもないだろう。だが、長崎聞役のおり、佐十郎と吉衛が諍いを起こしたのが、そのためだったとしたらどうなる」

「それでは養父は多佳様のことで嘉村様を憎まれ、辛くあたったと言われるのでございますか」

菜摘は佐十郎と多佳の顔を思い浮かべながら訊いた。もし、そうだとすると、確かに佐十郎は罪深いことをしたと言わねばならないだろう。

「長崎にいた佐十郎がどのような心持ちから、吉衛が死を考えるまで追い詰めるほどの仕打ちをしたのかはわからぬ。あるいは、多佳殿への思いが捨てきれず、吉衛を憎んだのかもしれない。いずれにしても、吉衛との確執を仕掛けたのは、佐十郎のほうなのだ」

　暁斎は厳しい声音で言った。

「では、養父が妻敵討ちの旅に出なければならなくなったのは、嘉村様が仕組んだことだったのでしょうか」

　多佳と佐十郎の仲がどのようなものだったのかはわからない。だが、自らの妻に裏切られ、妻敵討ちの旅に出なければならないように吉衛が仕組んだとすれば、恐ろしいほど痛烈な報復だと言わねばならない。

　菜摘は恐れと不安が胸にこみ上げるのを感じた。

　暁斎は黙ってうなずいた。


　菜摘はなおも暁斎から話を聞こうとしたが、暁斎は、

「後のことは佐十郎に訊け」

　とだけ言って口をつぐみ語ろうとはしなかった。やむなく菜摘が家に戻ると千沙が来ており、誠之助と話していた。

　青ざめた菜摘が居間に座ると、千沙がうかがうように訊いた。

「暁斎様はすべてを話してくださいましたか」

菜摘はうなずいて、暁斎は佐十郎と多佳の間柄や、佐十郎が妻敵討ちに出なければならなくなったのは、嘉村吉衛が仕組んだと言ったことを話した。

「まさかそのようなことがあるとは思いもしませんでした」

千沙が驚いたように言うと、誠之助は腕を組んで、

「しかし、これでおよそのことはわかりましたな」

とつぶやいた。

菜摘は誠之助に顔を向けて、

「どうわかったというのですか」

と訊いた。

「嘉村様は多佳様のことで竹内佐十郎様を疑い、憎んで、妻敵討ちの旅に出なければならなくしたのでしょう。長崎での確執を知っている峰様たちは嘉村様に同情してそれを手伝ったのです。佐十郎様は妻敵討ちの旅から戻り、自分に罠を仕掛けたひとたちに復讐しようとしているのです」

誠之助はあっさりと言った。

「ですが、嘉村様はすでに亡くなっているのですよ。たとえ、諍いがあったにしても、嘉村様が亡くなったからには、峰様たちも手を引かれるのではありませんか。それなのに養父上を果し合いに引っ張り出そうとしているのは誰なのです。しかも、秘密を調べていた助兵衛殿がなぜ殺されねばならなかったのです」

　菜摘に畳みかけるように言われて、誠之助は頭をかいた。

「なるほど、そう言われてみると、まだわたしたちは五里霧中のようですね」

　千沙がため息をついて、

「まったく誠之助様は考えが足らなすぎます」

　と言った。いつもなら言い返す誠之助だが、そのまま黙ったのは、佐十郎をめぐる動きの裏にあるものに不気味さを感じたからかもしれない。

　誠之助は大きくため息をついた。

「これは、やはり、姉上が竹内様に会われて話をされるしかありませんな」

　菜摘はうなずきながらも、たとえ、どのように話しても佐十郎の心を開かせることはできないのではないか、と思った。

（もし、養父上が耳を傾けるとしたら、多佳様の言葉だけだろう）

昔、ふたりが思い合った仲だとすればなおのこと、そうに違いない。だが、嘉村吉衛の仕組んだ罠によって妻敵討ちの旅に出て、一生を棒に振った佐十郎を迎えて世話をしている多佳の心中はどうなのだろう。

「多佳様はどう思っていらっしゃるのでしょうか」

菜摘が思わずつぶやくと、千沙はうつむいて言った。

「わたし、なんだか怖い気がします」

菜摘も同じ気持ちだったが、何も言えなかった。腕組みをした誠之助が、ううむ、とうなった。

この夜、菜摘はいつものように夫の佐久良亮への手紙を認めた。

助兵衛が殺されたこと、暁斎の話で佐十郎と嘉村吉衛の争いの原因が多佳にあるらしいことなどを書き連ねた。

だが、この手紙が長崎に届くころには、佐十郎は百道浜で果し合いをして死んでいるに違いないと思って、ぞっとした。

（わたくしは養父上のために何もできなかった）

自分の無力さが悔しく、情けない思いだった。佐十郎を救う道はどこかにあるのだろうか。それとも佐十郎は自ら犯した罪により、天罰を受けようとしているのだろうか。

わからない、と思うと、それ以上、書き進めることができない。

亮に一日も早く福岡に戻るよう頼めばよかった、とあらためて思った。亮の長崎での勉学を邪魔したくないという思いでいたことが悔やまれた。

明日、佐十郎にどのように話せばよいのだろう。そのことが頭を占めて、もはや書き進むことができなかった。

あきらめて筆を置いた。亮にはすべてが終わった後、手紙で告げることになるのだろう、と虚しい思いになった。

そのとき、表で何か音がするのが聞こえた。すでに夜は更けている。患者が訪れるはずはなかった。

助兵衛が何者かに殺されたことが菜摘の頭を過《よぎ》った。助兵衛は佐十郎に関わることを調べていて殺された。だとすると、助兵衛の書き残した手控え帳を持つ菜摘も殺されるかもしれないのだ。

そのことに気づいて菜摘はぞっとした。どうしたらいいのか、わからない。誠之助を呼ぼうと思ったが、何でもないかもしれない、と思い返した。

ただ、物音がしただけのことで騒ぎ立てれば、臆病だと弟に笑われるだろう。菜摘は意を決して、棚に置いている手燭《てしょく》をとり、行燈《あんどん》の火を移した。

手燭を手に玄関へと向かう。廊下から玄関にかけては真っ暗だった。手燭の灯りを頼りに菜摘はゆっくりと進んだ。

玄関に近づくにつれ、がた、がた、という音が響いてきた。もはや、誰かがいるのは間違いないと思った。

だが、逃げようとは思わなかった。誰なのか突き止めよう、身を硬くして玄関に立ち、

「誰かいるのですか」

と声を発した。手燭を突きつけると玄関の土間に背の高い男がのっそりと立っている。菜摘が思わず悲鳴をあげようとしたとき、男はのんびりとした声で言った。

「不用心だな、この家は。しんばり棒がしっかりとかってない。戸をゆすったらすぐに開いたぞ」

男の声を聞いて、菜摘は体の力が抜けるのを感じた。

「帰っていらっしゃったんですか」

菜摘は涙声で言った。

「帰ってきたとも」

佐久良亮が明るい声で言った。

十七

帰ってきた夫の佐久良亮を見て菜摘の胸は喜びでいっぱいになったが、居間に座った亮に向かって口をついて出た言葉は、

「遅すぎます。何をしていたのですか」

というものだった。言ったとたんに後悔して、やさしい言葉をかけねばと思ったが、口が動かないでいる間に亮は、

「ああ、もはや、そうだったか」

と言って残念そうに顔をしかめた。さらに、低い声で言い添えた。

「竹内佐十郎様は亡くなる前に謝罪ができたのであろうか」

亮は総髪にしているが、縮れ毛で鬢《びん》のあたりがぼわっと広がっている。その頭に手をやり、縮れ毛に指を入れて悔しげにごしごしとかいた。

「何を言っているんです。養父上はまだ亡くなってなどおられません。百道浜で何者かと立ち合うのは明日の夜です」

亮の早とちりにあきれて菜摘が言うと、亮はにこりと笑った。

「なんだ、そうだったのか。菜摘はあわて者だな」

自分のことは棚に上げて愉快そうに言う亮を見つめて、菜摘はため息をついた。

亮は長崎を訪れる南蛮人のような彫りの深い顔立ちだった。

高い鼻の下の口元は引き締まっており、意志の強そうなあごと相まって精悍な顔立ちなのだが、いつも冗談を口にするためか、口のまわりに笑いじわがあって、どことなく能の翁面に似ているようだ。

特徴があるのは濃い茶色である鳶色《とびいろ》の目だ。理知的で澄んだ光を湛《たた》え、情に惑わされない叡智《えいち》を感じさせる。

嫁ぐことが決まったとき、菜摘は亮を知る親戚の者から、

「あの男は学問ができるが、風変わりだからな。菜摘は苦労するぞ」

と言われた。まだ十六歳だった菜摘は親の勧める縁談に応じただけで、男を見る目などなかったのだが、それでも新婚のころから変わったひとだ、とは思った。

初夜の床で向かい合ったとき、亮は菜摘の目の前に指を突き出し、くるくると回したのだ。菜摘が驚いて、

「何のまじないですか」

と訊くと亮は笑って答えた。

「子供のころ、こうやって蜻蛉《とんぼ》を捕ったゆえ、女子も捕れるかと思ったのだ」

にこやかに言う亮に腹を立てた菜摘は、きっとなった。

「わたくしは蜻蛉ではありません」

菜摘が腹立たしげに言うと、亮はいきなり菜摘を抱きすくめて、

「わかっているとも、菜摘はかように温かいのだからな」

と囁いた。後のことは恥ずかしくてよく覚えていないが、亮とは最初の夜からなんでも言い合える仲になった。

菜摘は初夜のことを思い出して、なんとなく頬を染めたが、それにしても亮が、

いましがた口にした、

「竹内佐十郎様は亡くなる前に謝罪ができたのであろうか」

とはどういう意味なのだろう。長崎にいた亮が佐十郎をめぐる話の真相をつかんだということなのだろうか。

「罠にはめられて妻敵討ちの旅に出なければならなかった養父上が、なぜ謝罪しなければならないのです」

菜摘が声をひそめて訊くと、亮は困ったように顔をそむけた。やがて菜摘を見たときには、亮は笑いじわの寄った顔になっていた。

「世の中には知らないほうがいいこともある、とは思わないか」

「わかりません。あなたの言い方だと、まるで養父上が悪いことをしたように聞こえます」

「ひとは善をなすつもりで悪をなし、悪をなすつもりで善をなしてしまう生き物なのだ。正直者の菜摘にはわからないだろう」

そうなのでしょうか、とつぶやいた菜摘は、これまでに佐十郎の一件でわかったことを亮に話した。

佐十郎は長崎聞役のおりにすでに亡くなっている嘉村吉衛と諍いを起こしており、その原因は佐十郎と多佳の間柄にあるらしいことや、同じ長崎聞役だった勘定奉行の峰次郎右衛門と郡奉行の佐竹陣内、側用人の高瀬孫大夫の三人に間部暁斎も加えた四人で時おり、会合を持っており、これを助兵衛は、

――寅の会

と呼んでいたと話すと、亮がなるほど、とつぶやいた。

「寅の会がどうかしましたか」

「いや、長崎で聞いた話だと、各藩の聞役たちが親睦のために集まるのは寅の日らしい。皆、国許を離れてのお勤めだけに、虎は千里行って、千里帰るという諺《ことわざ》にちなんでいるそうだ。おそらく集まったひとたちは長崎聞役だったころのことを忘れないために寅の日に集まっていたのだろう」

亮にあっさり言われて、菜摘はそうだったのか、と納得した。同時にいままでわからずにいることも亮ならはっきりさせてくれるのではないか、と期待した。

「暁斎先生は、養父上が妻敵討ちの旅に出たのは、嘉村吉衛様の仕組んだことだと思われているようです」

「そうかもしれないが、すべては長崎で起きたことから始まるとすれば、暁斎先生も真実を知っているとまでは言えないだろう。決めつけるわけにはいかないな」

亮は首をもみながら素気なく言った。菜摘は文机の上に置いていた助兵衛の手控え帳を持ってきた。

「これを見てください。助兵衛様が書いていたものです。どういう意味なのかわたくしにはわかりません」

菜摘は手控え帳を開いて、

トリカブト
カワラヨモギ
スイカズラ
ゲンノショウコ

など植物の名が記され、その隣に、

——嘉村氏、長崎ニテ蒐集セリ。何故カ

と書かれているところを開いて見せた。

亮はほう、とつぶやいて、手控え帳を見つめていたが、

「なるほど、これでつながったよ」

と言って顔を大きく縦に振った。

「えっ、どういうことなんですか」

「長崎のオランダ商館にいる医師は皆、本草学を学んでいて、わが国の植物を調べたいと思っている。中でもトリカブトやカワラヨモギ、スイカズラ、ゲンノショウコなどを調べたがっているそうだ。嘉村様がこれらの植物を集めていたとすれば、オランダ商館の医師に渡すためだろう」

「それは国禁にふれるのではありませんか」

菜摘は目を瞠って訊いた。亮は笑って答える。

「オランダ人に国内のものを渡す際には長崎奉行のお許しを得なければいけない。日本の植物を渡すことは許されないだろうから、国禁を破ることになるだろうな」

「嘉村様はなぜそんな危ないことをされたのでしょうか」

「それほどまでしてでも、オランダ人医師から手に入れたいものがあったということだろうな」

亮は首をもみながら言った。

「そこまでして欲しいものって」

菜摘が考え込むと、亮は、ははっと笑った。

「どうしても医師から欲しいものと言えば決まっているじゃないか。薬だよ」

わかりきったことだ、と言わんばかりに口にした亮は、そのまま畳の上に仰向けになった。

両手を広げたかと思うと、すぐに寝息をたて始めた。長崎からの旅で疲れたのだろう、とは思ったが、ひさしぶりにわが家に帰ってすぐに寝てしまうとは、どういうことなのだろう。

菜摘はふくれながらも、布団を出してきて、亮に着せかけた。それとともに、佐十郎のことで思い悩んでいたのに、亮が帰ってきたことで不安がぬぐい去られているのを感じた。

（変わったひとだけど、物事を見抜く目は鋭いから）

菜摘は亮の寝顔を見ながら思った。

長崎に行く前、博多で鍼灸医をしていたおりには、患者の悩み事などを聞きもしないのに見抜いていた。驚いた患者が困り事を相談すると、その場で快刀乱麻を断つように、どうしたらいいかを教えた。

亮のそんなところを見ているだけに、佐十郎のことでも解決策を見出してくれるに違いない。そう思っているうちに菜摘も眠気がさしてきた。

亮の傍らに潜り込み、胸に顔を寄せるようにして静かに寝息を立て始めた。いつの間にか亮の片手が菜摘の肩を抱いている。

翌朝、亮が戻っていることを知った誠之助は喜んだ。

「義兄上《あにうえ》が帰ってくれれば百人力です。なにせ、男はわたしひとりなので、どうしたものかと思っておりました」

誠之助がにこやかに口にすると、朝から訪ねてきていた千沙が、

「女子は頼りになりませんか」

と誠之助を睨んだ。いや、そういうわけではなくて、田代助兵衛殿が殺されたことから見ても、この一件は女子にとって危ういと案じていたのです、と言いながら誠之助は胸をそらした。

あたかも亮が帰ってきたことで援軍を得たかのような顔つきだった。だが、亮はそんな誠之助に構うことなく、菜摘の給仕で白飯に干魚、味噌汁、漬物という朝餉《あさげ》を勢いよくたいらげていった。

菜摘はその様を嬉しげに見ている。千沙が菜摘の顔をのぞき込んで、

「ところで、亮様は長崎で今回の一件に関わる何かを見つけられたのですか」

と訊いた。菜摘ははっとして、亮に言葉をかけた。

「あなた、何かわかったのでしょうか」

亮は干魚をむしって食べ、味噌汁を飲みながら、

「わかったこともあるが、あらためて調べなければはっきりしないこともあるな」

「はっきりしないこととは」

菜摘は首をかしげた。

「田代助兵衛様を殺した下手人だ」

「それは養父上が果し合いをしようとしている相手なのではありませんか」

菜摘が言うと、亮はゆっくりと頭を横に振った。

「そうではないだろう。果し合いの相手なら助兵衛様を殺しはしない。殺したのには別なわけがあるに違いない」

「別なわけ？」

「すべてはそのことから始まっているのだろう」

亮は茶碗を置いてため息をついた。

誠之助と千沙はなんとなく顔を見合わせた。亮の言っていることがよくわからなかったからだ。

菜摘は首をかしげて訊いた。

「助兵衛様を殺したわけがすべての始まりとはどういうことでしょうか」

「ひとには、どうしても世間に知られたくないことがある。田代殿は鼬という渾名でひとの秘密を探ることを好まれたそうだが、知ってはいけないこともある」

亮は箸を置くと菜摘にお茶をください、と言った。亮が菜摘に丁寧な口の利き方をするのはいつものことだ。

菜摘が茶を出すと、亮はしばらく考えてからゆっくりと飲んだ。なんとなく菜摘と誠之助、千沙は亮の言葉を待った。

亮は菜摘を見つめて訊いた。

「ところで今日はどうするつもりですか」

訊かれて菜摘ははっとした。助兵衛が殺された衝撃で先延ばしにしてしまったが、峰次郎右衛門を訪ねるつもりだったのだ。

「養父上が立ち合われる相手に一番、似つかわしいのは峰様だと思います。たとえ、それが峰様でなかったとしても、立ち合いを止めることができるのも峰様だけではないかと思うのです」

菜摘が言うと、亮は深々とうなずいた。

「確かにそうだ。しかし、峰様が思い通りに動いてくれるか、どうか――」

亮はあごに手をやって考え込んだ。

鳶色の目が鋭く光っている。

いままで黙っていた千沙がたまりかねたように口を開いた。

「あたってみなければわからないのではありませんか。立ち合いは今夜です。遅くなっては悔いが残ります」

誠之助もゆったりとした口調で言い添えた。

「千沙殿の言われる通りです。猶予はできません」

亮は微笑してふたりを見つめた。

「随分、気が合うようだな。ひょっとしてふたりは言い交しているのかな」

いきなり言い交しているのか、などと言われて千沙は顔を赤くしてうつむいた。

誠之助は、大きく咳払いしてから、

「さようなことはございません」

とはっきりした言葉つきで言った。しかし、千沙がさっと顔を上げて睨みつけると、誠之助はしどろもどろになった。

「いや、いまは、ということなのですが。なにしろ、先のことは誰にもわかりはしませんから」

額に汗を浮かべて誠之助が弁解がましく言うと、亮は軽くうなずいた。

「そうかもしれないが、自分のことは自分でわかるようにしないとな」

亮は口辺に笑みをためて言った。

十八

菜摘はこの日の昼過ぎ、英太郎の案内で峰屋敷を訪れた。次郎右衛門は、この日、午前中に城中での評定《ひようじよう》に出た後、昼過ぎに下城するということだった。

峰屋敷を訪れるのが菜摘だけでなく、誠之助や千沙、それに英太郎が初めて会う亮までいることに英太郎は驚いた。それでも、ため息をついただけで、英太郎は何も言わず菜摘たちとともに峰屋敷の門を潜った。

客間に通され、しばらく待つと着流し姿の次郎右衛門が現れた。心なしか顔色が悪く不機嫌そうだった。

次郎右衛門は座るなり、腕組みをして、

「何の用だ」

と、ぶっきらぼうに言った。菜摘は手をつかえ、頭を下げた。

「何とぞ、峰様のお力により、わたくしの養父を助けていただきたいのでございます」

「養父とは竹内佐十郎のことか」

次郎右衛門は苦々しげに言った。

「さようでございます。養父は自分を妻敵討ちの旅に出なければならなくした相手と今夜、百道浜で立ち合うのです」

「本人が立ち合うというのなら、仕方あるまい」

次郎右衛門はひややかに言ってのけた。菜摘は顔を上げて、

「峰様ならば養父を止めることができると思ってお願いいたしております」

「なぜ、わしがさようなことをせねばならぬ」

菜摘を睨んで次郎右衛門は吐き捨てるように言った。

「罪滅ぼしであるとお考えください」

「なに、罪滅ぼしだと。わしが何をしたというのだ」

「英太郎殿を使って、養父を殺めようとなさいました」

菜摘がきっぱり言うと、次郎右衛門は笑った。

「わしが佐十郎を殺させようとしたというのか。知らぬな、英太郎がさようなことを申したとすれば、夢でも見たのであろう」

次郎右衛門がとぼけると、英太郎は目を丸くした。

「それはあまりに――」

英太郎が言いかけると、次郎右衛門は激しい口調で遮った。

「黙れ。根も葉もないことを口にすると、たとえわしの親戚であろうとも、捕えて打ち首にいたすぞ。口を慎め」

次郎右衛門に一喝されると英太郎はうなだれた。その姿を見かねたのか、千沙が膝を乗り出した。

「恐れながら、関根様は毒人参を使うように言われて、随分、苦しまれたのです。それなのに、根も葉もないとはあまりではありませんか」

次郎右衛門は鋭い目を千沙に向けた。

「そなたは稲葉照庵の娘であろう。城下きってのじゃじゃ馬だとは聞いておるが、気ままが過ぎると父親に迷惑がかかるぞ。いらざる差し出口は無用だ」

千沙が悔しげに唇を噛むと、誠之助がゆっくりと口を開いた。

「そのように申されましても、わたしどもは得心が参りませぬ。竹内佐十郎様が今夜、非業の死をとげられたならば、わたしどもは、知っていることをすべて町奉行所のお白洲《しらす》で話します。それでもよろしゅうございますか」

　次郎右衛門は嘲笑《あざわら》った。

「そなたらのような者が町奉行所に行っても相手にはしてくれまい。さような戯言《ざれごと》を言えば、ひとが笑うぞ」

　ははっ、と亮が笑い声をあげた。

「さて、それはどうでしょうか。横目付の田代助兵衛様が殺されたそうではありませんか。田代様が殺されたのは、この一件に絡んでのことだと訴えれば、町奉行所もお調べをせぬわけには参らぬでしょう」

　ううむ、とうなった次郎右衛門はあらためて亮に顔を向けた。

「そなたは、鍼灸医ということであったな」

「はい、そうなのですが、いまは長崎で勉学いたしておりまして、鍼灸医は妻の菜摘にまかせております」

「長崎にいると申すか」

　次郎右衛門は興味を引かれたように亮を見つめた。

「さようです。それゆえ、今回の一件も少しわかるところがあるように思います」

亮が見返すと、次郎右衛門の顔が強張った。

「何がわかるというのだ」

「たとえば、竹内様を百道浜に呼び出す手紙を出した者は楊梅と名のっていたそうですが、わたしは楊梅という名に心当たりがあります」

「なんだと」

次郎右衛門はぎらつく目で亮を睨んだが、やがて、大きく息を吐いた。

「つまらぬ戯言を言うでない」

「楊梅の名が何を意味するのか申し上げてよろしいですか」

亮が重ねて言うと、次郎右衛門は無表情に押し黙った。そして不意に英太郎に顔を向けた。

「そなたは、わしが佐十郎を亡き者にしようとしたと思っているようだが、仮にそうであったとしても、そのほうが佐十郎にとってよかったのだぞ」

英太郎は目を瞠った。

「それはどういうことでございますか」

「佐十郎は死病に取りつかれているのであろう。だとすると、毒を盛られても命が縮まるだけのことだ。しかし、間もなく死ぬ身が少しばかり生きのびたために後悔することになろう。ひとはもっともひどい目に遭うよりも、わずかな不幸ですむなら、そのほうがよいのだ。そうは思わぬか」

次郎右衛門の言葉を聞いて、亮がうなずいた。

「なるほど、そういうことでございましたか」

次郎右衛門は嫌な顔をした。

「わかったような口を利くな。わしは英太郎を佐十郎のもとに遣わしたことの言い訳をしておるのではないぞ」

「わたしがわかったと申し上げたのは、なぜ妻敵討ちが仕組まれたかでございます。もっともひどいことよりは、わずかな不幸のほうがよいと峰様たちはお考えになったのでございますね」

亮は鳶色の目で次郎右衛門を見つめた。次郎右衛門は目を閉じてつぶやくように言った。

「もはや、そなたたちに話すことはないゆえ、帰れ。ひとつだけ言っておくが、今夜、百道浜で佐十郎と立ち合うのはわしではない」

亮は菜摘に顔を向けて言った。

「引き揚げよう。これ以上のことはお話しいただけないと思う」

菜摘は仕方なくうなずいた。


英太郎に見送られて峰屋敷の門を出るなり、誠之助が、

「義兄上、楊梅とはいったい誰なのですか」

と訊いた。千沙も亮に近づいて問うた。

「ご存じならば、ここに来る前に教えてくださればよかったではありませんか。それなのに、なぜ黙っておられたのですか」

亮は頭をかきながら、菜摘に目を向けた。

「菜摘も知りたいか」

菜摘は少し、考えてから、

「いえ、話していいことなら、昨夜のうちに言っていただいたと思います。峰様にあのように言われたのは、楊梅を知っていると言えば、どのように言われるか知りたかったからでしょう。いまは聞かないほうがいいのだろうと思います」

「さすがに、わたしの女房殿だ。楊梅については、いま、知ったところで何にもならぬ。それより、今夜の立ち合いをどうするかだ」

亮は腕を組んだ。菜摘はきっぱりとした口調で、

「わたくしはいまから養父のもとに参り、百道浜に行かないよう話します」

と言った。千沙が勢い込んで、

「それなら、わたしも参ります」

と告げると、菜摘は頭を横に振った。

「いいえ、父はわたくしひとりなら話を聞いてくれるかもしれませんが、皆で行けば、頑なになって、這ってでも百道浜に行こうとするでしょう。ひとりで行ったほうがいいと思います」

「そうだな」

亮はあっさり言うと歩き出した。

誠之助と千沙は戸惑いながらも亮の後に従った。

菜摘はしばらく佇《たたず》んでいたが、やがて思いを決したように、多佳の庵へ向かった。

そのころ、多佳の庵では佐十郎が布団の上に起き上がり、多佳と向かい合ってい
た。多佳が心配げに訊く。
「それでは、どうしてもいまから行かれるというのですか」
「ああ、夕方までここにいては、菜摘が止めに来るだろう。その前に百道浜に行っ
て、どこかに潜んでいるつもりだ」
「そのお体で浜風に吹かれたら、倒れてしまわれるのではないか、と案じられま
す」
「いや、先のない命なのだ。せめて思い通りにして死にたいと思っている」
佐十郎に急き立てられて、多佳は佐十郎の着替えと刀を用意した。さらに夜まで
の腹ごしらえに握り飯と水を入れた竹筒を持ってきた。
佐十郎は多佳に手伝ってもらいながら、袴をつけ、羽織を着た。そのうえで見苦
しくないようにと、無精ひげを剃り、多佳が月代《さかやき》をととのえた。
佐十郎の痩せた肩を多佳は痛ましげに見つめた。
「あなた様はなぜこのようにご苦労されねばならなかったのでしょうか」
「さて、なぜなのかはわからぬ。ただ、昔、多佳殿に思いをかけながら妻とするこ

とができなかったときから、何かが変わったように思う」

佐十郎は苦しげに言った。

「それを申されますな。いまさら、詮無《せんな》いことでございます」

多佳は悲しげにつぶやく。

「されど、わたしにとっては、悔いの残ることばかりだ。長崎聞役のおり、嘉村吉衛にわけもなくきつく当たってしまったのも、多佳殿の夫となった吉衛に嫉妬し、憎んだからだ。思えば浅ましき限りであった」

佐十郎がため息とともに言うと、多佳は顔をそむけて、ひげをそった剃刀《かみそり》を布に包んだ。佐十郎はなおも話し続ける。

「吉衛にあそこまで辛く当たるつもりはなかったのだ。しかし、長崎におると、皆、国許にいるときとは、ひとが変わってしまう。いや、本音が出るということなのだろう。わたしは吉衛につめたい仕打ちをすることが面白くなり、そうすることから抜けられなくなった」

「吉衛殿はあなた様を恨んでおりました」

多佳は言葉少なに言った。

「そうであろう。だからこそ、わたしを妻敵討ちに出ざるを得なくしたのだ。吉衛にまんまとしてやられた」

「では、あなたを妻敵討ちの旅に出させたのは吉衛殿だとおわかりだったのですね」

「わかっていた。しかし、妻敵討ちを仕組んだのは吉衛ひとりではない。峰次郎右衛門と佐竹陣内、高瀬孫大夫も企みに加わっておった。奴らは出世争いで競っておったわたしを藩から追い出したかったのだ」

「では、あなた様が百道浜で立ち合うのは、そのお三方なのですか」

「いや、違う。吉衛と峰、佐竹、高瀬に知恵をつけてわたしを追い出した者がもうひとりいるはずだ」

佐十郎は考えながら言った。

「もうひとりでございますか」

「そうだ。そ奴こそが、わたしに百道浜に来るように書状で告げてきた楊梅だ。奴こそすべてを企んだ者なのだ」

「楊梅とはいったい誰なのでしょうか」

「わからぬ。しかし、奇妙だったのは、わたしが楊梅を知らぬと言ったときに暁斎がひどく驚いていたことだ」

「確かに驚いておいででした」

多佳は思い出しながら言った。佐十郎はかすかに首をかしげる。

「なぜ、暁斎はあのように驚いたのだろうか」

「暁斎様はあなた様が楊梅をご存じだと思っていらしたのでしょう」

「そうであろうな。わたしは、いまでも知らないのだがな」

佐十郎はつぶやいてから、さて、参るとするか、と言った。すると多佳は、

「お待ちください。わたくしもともに参りますので、ただいま、支度をいたします」

「多佳殿も来てもらえるのか」

佐十郎の目が嬉しげに輝いた。

「はい、そのお体では、付き添う者がいなければ、とても百道浜にはたどり着けないと存じます」

振り向いて、かたじけない、と頭を下げる佐十郎を、多佳は涙がたまった目で見

つめている。

菜摘が多佳の庵に着いたのは、夕刻になってからだった。

玄関先に立った菜摘は、

「多佳様、菜摘でございます」

と声をあげた。しかし、庵の中は静まり返って応えはない。ひとの気配もしない。

菜摘は嫌な予感がして玄関から家の中に上がった。

「多佳様、養父上――」

菜摘は呼びかけながら奥の座敷に向かった。しかし、ひとの声もしない。座敷はきれいに掃き清められ、佐十郎が臥していた寝床も上げられている。

「どこへ行かれたのだろう」

菜摘は不安におびえながら、暗い家の中を探し回った。居間の隅に文机があり、その上に書状らしいものが置かれているのに気づいた。

あわてて駆け寄って取り上げ、行燈に灯を入れてから書状を開いた。書状には、

――菜摘様

と書かれている。多佳の字だった。

佐十郎がどうしても百道浜に行くと言い張るので、同行することにした。佐十郎の立ち合いへの決意は固く、もはや、思い止まらせるのは無理なようだ。それならば、せめて武士らしく最期を迎えさせてやりたい、と書かれている。

立ち合いになれば、どうなるかわからないが、ともあれ、佐十郎の武士の一分《いちぶん》を立てさせるのが自分の役目ではないかと思う、と書かれている。

（多佳様も養父上とともに死なれるつもりなのだ）

菜摘は書状を手にあわてて玄関に走った。すでに日が傾き始め、あたりが赤く染まっている。

そんな夕光の中に黒い人影が立っている。佐十郎かと思って駆け出した菜摘はすぐに、黒い影が養父ではなく、夫の亮であることに気づいた。

「あなた――」

菜摘が駆け寄ると、亮はやさしい笑みを浮かべた。

「やはり、もういなかったのだね。そうするだろうと思っていたよ」

「どうしてわかったんですか」

「それが楊梅のやり方だからさ。竹内様を酷く殺すつもりなのだ」

亮はきっぱりと言い切った。

夕日が亮の顔を赤く染めていた。

十九

亮の傍らには、誠之助と千沙も立っていた。

菜摘が驚いて、

「あなたたちも来ていたのですか」

と訊くと、千沙はにこりとした。

「当たり前です。わたしたちは、どうも皆がそろって初めて一人前のような気がします。四人で力を合わせて菜摘様の養父上をお救いするのです」

菜摘は思わず苦笑した。

「四人そろって一人前とは少し情けないですね」

千沙は昂然とした様子で言葉を継いだ。

「ですが、実際、そうだから仕方がありません。誠之助様は剣の腕こそ立ちますが、融通が利かない石頭ですし、わたしはいくら頑張っても女だというだけで、世間のひとはまともに相手にしようとしません、亮様はなるほど頭は良い方ですが、気まぐれで何を考えているのかわかりません。そして菜摘様は竹内様のことを思うあまり、情が先走って冷静になれないでいると思います」

千沙は滔々《とうとう》と述べた。石頭と言われた誠之助は、

「わたしはまるで力だけしか取り柄がないようだな」

とむっつりとして言った。

亮は、なるほど、よく見ている、と言ってからからと笑った。菜摘は、情が先走って冷静ではないと言われたことが胸にこたえた。

「千沙さんの言う通りかもしれません。でも、わたしは養父上のことがいまも心配でならないのです」

菜摘は思い詰めていた。

千沙が同情するように菜摘を見つめた。

「菜摘様の焦る気持ちはよくわかります。だからこそ、わたしたちは力を合わせな

ければならないのです。言うならば、わたしたちは竹内様を守ろうとする四神《しじん》なのではないでしょうか」

四神とは、朱雀、白虎、玄武、青龍である。東西南北、四つの方角を守る伝説の聖獣のことだ。

朱雀は南方を守護する神獣で、翼を広げた鳳凰《ほうおう》として表される。白虎は西方を守護する。文字通り、白い虎とされる。四神の中ではもっとも高齢の存在であるとも、あるいはもっとも若いともいわれる。

北を守護する玄武の玄とは黒を意味し、五行説で北方の色とされる。亀に蛇が巻き付いた奇怪な形で描かれる。また、東方を守護するとされる青龍は、季節で言えば春を表すとされる。

「千沙殿は途方もないことを言う」

誠之助が呆れたように言うと、千沙は鼻高々な様子で、

「もちろん、菜摘様が朱雀です。わたしは白虎でかまいません。白い虎は美しく強いですから」

と嘯いた。

「となると、さしずめ腹がわからないわたしが玄武で、剣の腕が立つ誠之助さんが青龍ということになるのか」

亮はおもしろそうに言った後、ゆっくりと菜摘に向き直った。

「ともあれ、四神は百道浜へ急がねばならぬようだ」

むしろ悠然とした口調で亮は言った。

「はい」

菜摘は大きくうなずいた。

「参りましょう」

千沙が言うと、誠之助も大きくうなずいた。

誠之助が先頭に立ち、四人はそろって百道浜を目指した。すでに佐十郎は百道浜に向かっているにしても、病人の足だけにさほど遠くまでは行っていないはずだ。

菜摘はそう思いながら足を速めた。

すでに夕闇が濃くなっていたが、空には星が出ている。四人は道に迷うこともなく進んだ。だが、先頭を切っていた誠之助の足が途中でぴたりと止まった。

「どうした」

亮が声をかけると、誠之助は刀の鯉口《こいぐち》に指をかけて、

「誰かがいる」

と答えた。

「ほう、それはおもしろいな」

亮は前に出た。確かに暗い道に提灯《ちょうちん》を持った武士がひとり立っている。武士は落ち着いた様子で近づいてきた。

「そのほうら、すでに日も暮れたというに、何をいたしておる」

武士はゆったりとした口調で訊いた。亮が首をかしげて何か言おうとする前に誠之助が口を開いた。

「側用人の高瀬孫大夫様ではございませんか。高瀬様こそ、なぜかようなところにいらっしゃるのです」

「所用があってのことだ、そなたらに話さねばならぬ謂れはない」

孫大夫は素っ気なく答えた。千沙が一歩踏み出して、

「ならば、わたしどもも答える筋合いはございません」

と言ってのけた。

「確かにそうだな」

孫大夫は憂鬱そうに言うと、あたりを見まわした。

ほかに人通りはない。孫大夫の左手が刀の鯉口に添えられた。その様を見て、誠之助が鋭く言葉を発した。

「皆、気をつけて。高瀬様はわれらを斬るおつもりだ」

菜摘と千沙は息を呑んで孫大夫を見つめた。

孫大夫が丹石流剣術の遣い手であり、以前、木刀で立ち合った誠之助を打ち据えていることを思い出した。もし孫大夫が自分たちを斬るつもりならば、逃れようがないのではないか。

「誠之助様、しっかりなさってください」

千沙が低い声で言った。誠之助は顔をしかめた。

「わたしはしっかりしています。高瀬様の剣から皆を守らねばならないのですから」

腰を落とし、刀の柄《つか》に手をかけながら誠之助は言った。千沙はかわいらしくうなずいて、

「それでこそ、青龍です」

「その呼び方はやめてもらえますか」

誠之助は、じりっと孫大夫との間合いを詰めながら言った。千沙は口をとがらせて訊いた。

「なぜです。せっかくいい名をつけて差し上げましたのに」

「青龍などと言われると、恥ずかしいですから」

誠之助は腰を落としたまま、いまにも居合を放とうという構えだ。孫大夫は鋭い目で誠之助を見つめた。

「なるほど、わしを訪ねてきて、立ち合ったときとは気組みが違うな」

「あのおりは高瀬様の腕前を知りたかっただけですから。しかし、わたしは高瀬様を見損なったのかもしれません」

「見損なっただと？」

「はい、高瀬様は顔こそいかついが、穏やかな人柄ではないかとわたしは姉に申しました。しかし、いまの高瀬様は殺気にあふれておられる」

「いかつい顔は余計だな」

孫大夫は苦笑しながら、すらりと刀を抜いた。誠之助は動じずに右足を前に出し、さらに間合いを詰めた。

孫大夫が斬りかかれば懐に飛び込んで居合で斬るつもりのようだ。日頃、おっとりとしている誠之助とは思えないほどの闘気がほとばしっていた。

孫大夫は誠之助の構えを見て、刀を上段に構えた。刀を振りかぶった孫大夫の姿が一段と大きく見えた。

菜摘と千沙は何も言えず、成り行きを見守っている。すると、亮がのんびりとした声を出した。

「やめたほうがいい。無駄なことだから」

上段に構えたまま孫大夫はじろりと亮を睨んだ。

「お主は何者だ」

「千沙殿に先ほど、玄武と名づけられましたが、佐久良亮と申す町医者で、これなる菜摘の夫でもあります。ただいま、長崎に遊学しておりますが、菜摘が困っていると知って帰って参りました」

亮はのんびりした声で言った。

「長崎に遊学しているのか」

　孫大夫は困惑した表情になった。

「さようです。それゆえ、かつて長崎で何が起きたのか、わたしはわかっているつもりです」

　亮が平然と言うと、それまで誠之助と向かい合っていた孫大夫が、刀を構えたまま横に動いた。

　亮と向かい合った孫大夫が押し殺したような声で言った。

「いらざることを申すな」

　亮は目を瞠った。

「なるほど、わたしから始末しようというのですか。それは迷惑ですな」

　亮は後退《あとずさ》りした。

「やむを得ぬのだ」

　孫大夫は踏み込んで亮に斬りつけた。亮がさらに跳び下がると、代わって誠之助が飛び込み、孫大夫の斬り込みを刀で弾《はじ》き返した。鋭い金属音が響いた。孫大夫は刀をまわして、誠之助に斬りかかる。

誠之助は踏み込んで孫大夫の刀をしのぎつつ、隙をうかがう。孫大夫は何度か斬りつけた後、すっと後ろに下がった。

刀は正眼に構えている。

「もはや、許さぬ」

孫大夫は底響きする声で言った。菜摘が思わず、叫んだ。

「高瀬様、なぜこのようなことをなさるのです。わたくしたちは、竹内佐十郎様をお助けしたいだけなのです」

孫大夫はつめたい目を菜摘に向けた。

「あの男は間も無く死ぬ。放っておいてやれ、何事も知らずに死ぬほうが奴にとってもいいのだ」

「わかりませぬ。ひとが何事も知らずに死ぬなどあってはならないと思います」

「そうかな。おのれが何をなしたのか。どのような罪業を背負った者であるかを知らずに死ぬほうが幸せではないのかな」

つぶやくように言った孫大夫は地面を蹴って誠之助に斬りかかった。誠之助も跳躍して孫大夫と斬り結ぶ。

白刃がきらっ、きらっと光ったかと思うと、誠之助が地面に転がった。

千沙が悲鳴のような声をあげた。だが、次の瞬間、孫大夫の体がぐらりと揺れて横倒しに倒れた。

「誠之助様――」

誠之助がゆっくり起き上がると千沙が飛びついてすがった。誠之助は千沙に抱きつかれて驚いた顔をしながら、

「右の太腿を斬っただけです。命に別状はないと思いますが、歩くのにはしばらく難儀されましょう」

と告げた。孫大夫は、立てずに足を押さえてうめき声をあげている。

亮は倒れている孫大夫に近づくと、袴を裂いて傷口を確かめ、懐から貝殻に入れた油薬を取り出した。

孫大夫が額に汗を浮かべて、

「何をするつもりだ。わしはお前らを斬ろうとしたのだぞ。放っておけ」

と吐き捨てるように言った。

「わたしは医者です。怪我人を治療するのが仕事です。相手が誰であろうとわたし

にとっては同じです」

亮は淡々と言うと油薬を傷口に塗り、孫大夫の下着を引き裂いて上から巻きつけた。

「われわれは百道浜に行かねばなりません。高瀬様をここに置いていくしかありませんが、よろしゅうございますか」

「勝手にいたせ。時がたてば中間《ちゅうげん》がわしを捜しにやってくるだろう」

孫大夫はあきらめたような声で言った。

亮は立ち上がった。

「それはよろしゅうございました。しかし、高瀬様のようなご身分のある方が、かような真似はされぬがよろしゅうございますぞ。たとえ、友のためであったとしても」

亮の言葉を聞いて孫大夫は顔をそむけた。誠之助が刀を鞘《さや》に納めながら、

「友のためとはどういうことでしょうか」

と訊いた。亮はため息をついた。

「誠之助さんは、高瀬様がまことは穏やかな人柄だと菜摘に言ったそうだが、その

見方は当たっています。高瀬様は無闇に刀を振るうお人柄ではない。ただし、友のためには刀を抜かれるのです」

「さようですか」

誠之助は倒れている孫大夫を見つめた。亮が言っている意味はわからなかったが、木刀で立ち合ったときに感じたことは間違いではなかったのだと思った。

亮はさらに言葉を継いだ。

「それは誠之助さんも同じことですよ」

「わたしも？」

「あなただって、日頃は温厚で斬り合いなどしようとは思わないでしょう。ですが、いましがた、凄《すさ》まじい殺気を放った。友を守るためです」

亮はちょっと言葉を切って首をかしげてから言い足した。

「いや、姉である菜摘を守ろうとしたのかもしれないし、それよりも千沙さんを守りたかったのかもしれないな。ひょっとするとわたしはどうでもよかったのかもしれない」

亮は笑うと、百道浜の方角に向かって歩き出した。

菜摘は黙って従い、千沙は誠之助を振り向いて、にこりとしてから菜摘に続いた。

誠之助は憮然とした顔でついていく。

二十

平尾村から百道浜まではおよそ二里余りである。

菜摘たちが百道浜の松林が見えるあたりにさしかかったころには、日が沈み、あたりは暗くなっていた。しかし、松林の中を灯りが動くのが見えた。

あたかも鬼火のようだった。

「あれはなんでしょう」

菜摘が不安げに言うと、亮が冷徹に答えた。

「提灯の灯りだな。何かあったのかもしれない」

なおも歩いていくと、松林の提灯が動いて、数人の人影がばらばらっと道へ出てきた。誠之助が前に出て、

「何者だ」

と声をかけると、武士がひとり近づいてきた。

「何者とはこちらが訊くことだ。かような時刻に何をいたしておるのだ」

提灯の灯りに浮かび上がった顔を見て、誠之助は驚いた。

「庄助ではないか」

男は誠之助の友人で郡方に出仕している井上庄助だった。庄助は提灯の灯りで誠之助を照らして、

「なんだ、誠之助か」

と言った。

「郡方が百道浜で何をしている。海辺は御船手方か町奉行の管轄であろう」

誠之助が訊くと庄助はうんざりした声で答えた。

「そうなのだが、お奉行が突然、百道浜に出張ると言われてな。われらはやむを得ずお供をして参った」

「お奉行とは佐竹陣内様か」

「決まっておる。お主も先日、お会いしたばかりではないか」

庄助は当然のことだという顔をした。

「なぜ、郡奉行の佐竹様が百道浜に来られているのだ」

誠之助が重ねて訊くと、庄助は大きくため息をついた。

「近頃、村から逃散する百姓が多くてな。そんな百姓がこの百道浜から舟で他国に逃げている疑いがあると言われるのだ。百道浜をあらためる、と今日になって突然命じられて出張ることになった」

亮が前に出ると口を開いた。

「それで、逃散した百姓は見つかりましたか」

庄助は怪訝な顔で亮を見返した。

「それがいっこうに見つからんのだ。道を見張っていて、ようやく引っかかったと思ったらお主たちだったというわけだ」

「なるほど、さようですか」

にこりとして亮はうなずくと菜摘と千沙を振り向いた。

「わたしたちがここにいては、見張りのお邪魔になる。先を急ごう」

亮が庄助に頭を下げて歩き出そうとすると、松林の中から声がした。

「待て、まだ詮議いたすことがある」

黒漆塗の陣笠をかぶり、ぶっさき羽織、馬乗り袴姿の佐竹陣内が鞭《むち》を手に悠然と近づいてきた。

「佐竹様、お役目ご苦労にございます」

誠之助が頭を下げると、陣内はひややかな笑みを浮かべた。誠之助が訪ねたおりは、丸顔のひとの好さげだった顔が厳しく引き締まっている。

「そのほう、いつかわしを訪ねてきたことがあったな。竹内佐十郎のことなど問いただし、異な男だと思っていたが、日が落ちてから浜に近づくとは、やはり怪しい男だったようだな」

誠之助が答えようとするのを抑えて亮が口を開いた。

「わたくしは町医者で佐久良亮と申します。病人が家を出て行方知れずになり、捜しております。どうか、お通しください」

「病人だと。自ら家を出るほどなら、元気ではないか。たいした重病とは思えぬ。放っておけ」

陣内は無慈悲に言った。郡奉行としてのものやわらかな物言いは影をひそめている。これが陣内の本性なのかもしれない。

「そうは参りません。病人はこのままひと晩、潮風に吹かれて過ごしましたなら命に関わります」

菜摘がきっぱりと言った。陣内はじろりと菜摘を見た。

「お前は何者だ」

亮が素早く答える。

「わたしの妻で、わたし同様に医者でございます」

「ほう、そうか。医者の夫婦とは珍しいな。しかもその夫婦医者がそろってひとりの患者を捜しているとは妙な話だ」

亮の鳶色の目が鋭く光った。

「わたしたちは病人とだけ申しました。ひとりかふたりであるか、あるいは三人かなど人数は決して申し上げておりませんが、お奉行様はどうしてご存じなのでございましょうか。不思議ですな」

亮に問い詰められ、陣内は口をつぐんだ。傍らの庄助が、

「お主たちはさようにお奉行様に楯突いておると、お咎めを受けるぞ。病人を捜しておるのなら、さっさと通れ」

とうながした。亮はにこりとした。

「では、通らせていただきます」

亮は菜摘を振り向いてうなずき、歩き出そうとした。そのとき、陣内が鞭を鳴らして亮の顔に突きつけた。

「行ってはならぬと申したはずだぞ」

大きく息を吐いた亮は陣内を睨みすえた。

「かようなことをしていったい、何になるというのです。ご自分たちがなさったことが白日のもとに曝《さら》されずにすむとお思いですか」

「なんだと、慮外者《りょがいもの》め。雑言は許さぬぞ」

陣内は亮に詰め寄った。亮はせせら笑うと誠之助を振り向いた。

「誠之助さん、ここに来る前に起きたことをお奉行様に言ってあげなさい」

言われた誠之助は前に出ると、

「先ほど、側用人の高瀬孫大夫様に斬りつけられました」

「高瀬が――」

陣内は眉根を曇らせた。

「さようです。高瀬様はわたしたちを百道浜に向かわせたくなかったようです。わたしたちが捜している病人とは竹内佐十郎様ですから」

誠之助が佐十郎の名を出すと陣内は顔をそむけた。

「高瀬がなぜさような振舞いをしたのか知らぬが、それとこれとは別のことだ」

陣内の言葉を聞いて、亮は頭を横に振った。

「いや、お奉行様も高瀬様も、わたしたちが百道浜に着く前に竹内様が殺されることを望んでおられるのです。そうすれば、すべては闇に葬られ、お奉行様たちがなしたこともひとに知られずにすむのですから」

「そんなことは知らぬ」

陣内はうめいた。すると千沙が甲高い声で言い放った。

「天知る、地知る、われ知る、ひと知るです。悪事をなせば、どこかで誰かに知られるのですから逃れようはありません」

千沙は物の本にある、

――四知《しち》
のことを声高に言った。後《ご》漢《かん》の学者楊震《ようしん》に推されて役人になった王密《おうみつ》が、金十斤

の賄賂《わいろ》を贈ろうとして、

「夜なので誰にも気づかれません」

と言ったところ、楊震が、

「天知る、地知る、我知る、子《し》知る。何をか知る無しと謂わんや」

と答えて断ったという故事に基づく。

「悪事だと」

陣内は凄まじい目で睨みつけた後、不意に思い直したように空を見上げてからからと笑った。

「よかろう。行くがいい。だが、行って後悔いたすのはお前たちだぞ」

陣内は背を向けると松林に向かって歩いていった。

亮は陣内の後ろ姿を見つめながら暗い表情でつぶやいた。

「やはりそうなのか」

菜摘がそばに寄って、

「あなた、どうしたのですか」

と訊いた。亮はなんでもない、というように頭を振って、

「ともかくいまは竹内様を救うのが先だ」

と自分に言い聞かせながら歩き出した。


四人は松林を抜けて浜辺に出た。

潮風が吹いている。

星明かりで、打ち寄せる白い波頭が浮かび上がって見えた。

波の音が響いてきた。

薄暗い空の下、浜辺には人影はないようだった。

「養父上はもう着いておられると思うのですが」

菜摘が言うと亮はあたりを見まわしながら答えた。

「竹内様だけではない。楊梅様も来ているはずだ」

誠之助は刀の鯉口に手をかけて、油断なく周囲をうかがいながら、

「義兄上、そろそろ楊梅様とは誰なのか教えていただけませんか」

と訊いた。亮は悲しげにうなずいて口を開いた。

「楊梅様とは――」

そのとき、千沙が鋭く叫んだ。

「誰か来ます」

菜摘は千沙の指差す方角に目を凝らした。海面だけがうっすらと白く輝き、浜辺は真っ黒だ。その浜辺をふたつの人影が歩いてくる。

「養父上――」

佐十郎と多佳だ、と思った菜摘は駆け寄ろうとした。だが、菜摘の肩を亮が押さえた。

「違う。あれは竹内様ではない」

はっきりと亮は言った。

「そうでしょうか」

菜摘はなおも目を凝らした。

人影は浜辺を歩いて、しだいに近づいてくる。その面差しが星明かりで見えたとき、菜摘は、絶望を感じた。潮風に吹かれ、羽織の袖をあおられながら近づいてくるのは、峰次郎右衛門と間部暁斎だった。

誠之助は次郎右衛門に駆け寄って声をかけた。

「峰様、竹内様をいかがされましたか」

次郎右衛門は皮肉な笑みを浮かべた。

「竹内だと。なんのことだ。わしらは夜半の海の風雅を味わおうと思って百道浜に来ただけだ」

傍らの暁斎は黙って何も言わない。菜摘は暁斎に向かって、

「養父上は暁斎様を友だと思っておられます。それなのに、峰様と組んで裏切られたのでございますか」

暁斎はゆっくりと首を縦に振った。

「わたしは佐十郎の友だと思っている。そして、同時に峰や高瀬、佐竹と今でも友だと思ってきた」

峰は暁斎の言葉を聞いてせせら笑った。

「友であったなど昔のことだ。いまさら言っても詮無いことであろう」

砂を踏んで亮は次郎右衛門に近づいた。

「わたしは、若いときに友であった者は生涯にわたって友なのではないかと思っています。竹内佐十郎様に起きたことは、皆様が生涯の友であればこそ起きたのでは

ありませんか」

亮に問いかけられて次郎右衛門は暗い海に目を遣った。

「そのようなことはあるまい。友の情など、はかないものだ。若いころには、あったと思っても、年をとるにつけ消え果ててしまう。まことに虚しいものだ」

亮は暁斎に目を向けた。

「暁斎先生もさように思われますか」

「わしはほかの者たちとは違う。藩士ではなく市井の学者として生きてきた。若いころ自分の内にあったものは、年をとっても同じようにある、と思いたいが、実のところ、よくわからなくなった」

暁斎は唇を嚙んだ。

「皆様は友への情けゆえに、踏み迷われたのです。そのあげく竹内様は夜の浜辺で死のうとされています」

菜摘は震えながら、亮に訊いた。

「養父上はもう亡くなられたのでしょうか」

「さて、わたしにもわからない」

亮があらためてあたりを見まわしたとき、千沙が松林にほど近い漁師小屋を指差した。漁師たちが漁具などを入れておく小屋だ。

「あそこにおられるのではないでしょうか」

次郎右衛門は笑った。

「よくわかったな。佐十郎はあの小屋で楊梅様の訪れを待っているのだ。いや、あるいはもう会ってしまったかもしれんな」

次郎右衛門が言い終わらぬうちに菜摘が漁師小屋に向かって駆け出し、亮と誠之助、千沙も続いた。

その様を見ながら、暁斎は目を閉じて、

「何ということだ」

とつぶやいた。


菜摘は漁師小屋に駆け寄ったが、戸口を前にして立ちすくんだ。

漁師小屋の中にひとがいる気配がする。そしてひとの話し声がかぼそく聞こえてくるのだ。

菜摘の傍らに亮が立って肩を抱いた。誠之助と千沙もそばに来て漁師小屋を見つめた。

漁師小屋は星明かりに青白く照らされていた。

屋根や板壁は潮風に曝され、朽ちかけてところどころ隙間だらけだった。中には網や櫂《かい》、さらに銛《もり》などの漁具が積まれ、ひとがいられるのは、わずかな隙間だけなのではないか。そこに佐十郎はいるのだろうか。

「――養父上」

菜摘は声をかけた。しかし、漁師小屋から応じる声はなかった。それでも、忍びやかでかすれたような話し声は聞こえてくる。

その声は時に相手を責めるようであり、自らを詰《なじ》り、悔いる言葉のようでもあった。声は絶えることなく続き、やがて嗚咽《おえつ》が混じってきた。

悲しみに満ちた泣き声だった。

「養父上、お助けに参りました。待月庵に戻りましょう」

菜摘が呼びかける声が虚しく響いた。

漁師小屋にいるひとは、もはや、この世とあの世の境目を渡ろうとしているのではないか。
たまりかねて菜摘は戸口に近づいた。
そのとき、
——楊梅様
という小屋の中のつぶやきを聞いた。
多佳の声だった。

二十一

菜摘は漁師小屋の中に向かって声をかけた。

「菜摘でございます。養父上、多佳様、入ってもよろしゅうございますか」

「お待ちなさい」

多佳がはっきりとした声で言うのが聞こえた。小屋の中でひとが動く気配がして、戸口から多佳が出てきた。

月光に照らされた多佳の顔はなまめかしさが漂い、美しかった。

菜摘ははっとして思わず、うつむいた。何度か待月庵で会った多佳とは別人のようですらあった。

亮が前に進み出て多佳に声をかけた。

「わたしは菜摘の連れ合いで佐久良亮と申します。長崎に遊学していましたが帰って参りました。竹内様たちの長崎での話を聞いております」

多佳はじっと亮を見つめた。

「長崎でどなたから話を聞かれたのですか」

「オランダ通詞の和佐《わさ》三右衛門《さんえもん》殿です」

亮が言うと、多佳はうなずいた。

「和佐様の名前は夫から聞いています。長崎でお世話になった通詞の方ですね」

「さようです。和佐殿は長崎のオランダ通詞の中でも福岡藩とは特に縁が深く、新任の長崎聞役にとっては指南役のような方だそうです」

亮は菜摘から手紙で相談されるうちに、長崎聞役ともっとも関わっているオランダ通詞に話を聞こうと思い立ったのだ。

オランダ通詞は長崎奉行配下の地役人であり、およそ百数十人いるとされる。幕府の命により、オランダ商館の館員からオランダ語を学び、世襲職となっていた。

語学修業のほか、入港したオランダ船の臨検や世界情勢をオランダ人から聞き取ってまとめる「オランダ風説書」の和解（和訳）、貿易事務、出島勤務などを行う。

オランダの貿易船がもたらす世界情勢を知るためには、オランダ通詞に誼《よしみ》を通じておかなければならない。福岡藩ではオランダ通詞の和佐三右衛門と昵懇《じっこん》にしていたのだ。


亮が訪ねると、六十歳過ぎで、白髪の髷をした三右衛門は気さくに会ってくれた。

「何事でしょうか」

三右衛門はひとの好さげな顔に笑みを湛えて言った。亮が福岡藩の聞役だった嘉村吉衛について訊くと、

「覚えていますよ。なかなか才気のある方だった。一度、長崎聞役からはずれられたが、また、戻ってこられましたな」

と答えた。そして思い出しながら付け加えた。

「あのころ、福岡藩の長崎聞役は、嘉村様のほかに峰次郎右衛門様、佐竹陣内様、

高瀬孫大夫様と俊秀がそろっておられました」

「それに竹内佐十郎という方もいらしたはずですが」

「そうでした。竹内様もいらっしゃいました」

三右衛門はにこりとしたが、すぐに顔を曇らせた。亮は重ねて訊いた。

「竹内様と嘉村様の間には諍いがあったと聞きましたが」

三右衛門は亮の顔を翳りのある目で見つめたが、何も言おうとはしない。しばらくしてぽつりと漏らした。

「嘉村様はお気の毒な亡くなられ方をしました」

亮は膝を乗り出して訊いた。

「気の毒なとはどういうことでしょうか。嘉村様は病で亡くなられたのではなかったのでしょうか」

三右衛門は少し考えたうえで、慎重な言葉遣いをした。

「何と申し上げたらいいのか。ひとに陥れられたのです。それも非道なやり方でした」

三右衛門は吉衛の最期を知っているのか、ため息をついた。

「嘉村様を陥れたひととは竹内様なのでしょうか」

亮がなおも訊くと、三右衛門は顔をそむけて黙った。しばらくして、

「嘉村様はオランダ商館の医師からソツヒルを手に入れようとされていたようです。ソツヒルさえあればよかったのだが」

とぽつりと言った。

三右衛門は痛ましげな顔をして口を閉じた。

「ソツヒル――」

亮は目を光らせた。

嘉村吉衛が背負った苦しみが、おぼろげながら亮には見えてきた。


亮が話すと、多佳は小屋の中を気遣う素振りを見せ、

「竹内様をいましばらく静かに休ませとうございます。あちらでお話しいたしましょう」

と言うと、菜摘たちをうながして浜辺に向かって歩き始めた。

亮の後ろをついて行きながら千沙が小声で、

「そつひるとは何なのですか」

と訊いた。亮は振り向かずに、

「オランダの薬だよ」

と答えた。誠之助も声をひそめて問うた。

「何の薬なのでしょうか」

「それは多佳様がご存じだと思う」

多佳の口から言われなければ、自分は答えるつもりがないという口振りで亮は答えた。

菜摘は千沙や誠之助と亮のやり取りを耳にしながら、多佳の背を見て歩いた。

亮が何を知っているのかわからないが、それは多佳自身から聞かねばならないことだ、と思った。

浜辺を歩いていく多佳の背にはせつない寂寥《せきりょう》が漂っている気がする。

(多佳様は大きな悲しみを背負っていらっしゃるのではないか)

菜摘は胸が詰まる気がした。

峰次郎右衛門と間部暁斎は離れたところから菜摘たちを見守っているが、近づいてようとはしない。

　多佳はゆっくりと波打ち際に近づいていく。

「多佳様、波が来ます――」

　あまり波に近づいては足が濡れるのではないか、と思って菜摘は言った。多佳は振り向いて、微笑した。

「このあたりでいいでしょう。竹内様には話を聞かせたくなかったのです」

　亮が多佳を見つめて訊いた。

「竹内様は楊梅と名のる人物が誰なのかをもう知られたのですか」

「わたくしが話しました」

　多佳は淡々と言った。菜摘は息を呑んだ。誠之助が驚いた顔つきで、ううむ、とうなり、千沙は誠之助の袖にすがった。

　亮だけが静かに多佳を見つめて、

「多佳様はいつから楊梅の正体を知られたのですか」

と訊いた。多佳は暗い海に目を遣った。

潮騒《しおさい》が聞こえてくる。

「いつのことでしょうか。随分と前のことのような気がいたします」

多佳の声には悲しみが籠っていた。

菜摘が傍に寄って囁き声で訊いた。

「楊梅と名のる手紙が届く前からご存じだったのでしょうか」

「そうですね」

多佳はうなずくと、離れたところにいる次郎右衛門と暁斎に目を遣った。

「あの方たちが楊梅様の指図に従われるようになってからのことだと思います」

静かに多佳が言うと、菜摘は目を瞠った。

「まさか、楊梅様とは——」

菜摘の言葉を引き取って、亮が口を開いた。

「楊梅を名のった人物は、嘉村吉衛様ではありませんか」

多佳は黙ってうなずいた。

誠之助が多佳の傍らによって、

「そんな馬鹿な。嘉村様はすでに亡くなっているではありませんか」

と驚きの声をあげた。亮が振り向いて言った。

「そうだ。今回の一件はすべて、亡くなった嘉村様が筋書を書いて仕掛けたことなのだ。竹内様が果し合いをしなければならないのは嘉村様なのだ」

亮の言葉を聞いて、菜摘は踵を返すと、漁師小屋に向かって駆け出した。亮が声を張り上げる。

「菜摘、どうしたのだ」

菜摘は急ぎながら、叫んだ。

「養父上が心配です。亡くなった方との果し合いなんてできるはずがありません。こうしてわたしたちが離れている間に何かが起きているかもしれないのです」

駆けて行く菜摘の後を誠之助と千沙も追った。

亮と多佳は波打ち際に佇んだまま、動かない。

漁師小屋の前に立った菜摘は声を高くして、

「養父上――」

と呼びかけながら、戸を開けた。

真っ暗な小屋の中に入った菜摘は、血の臭《にお》いを嗅いで、声にならない悲鳴をあげた。菜摘に続いてきた誠之助が、

「姉上、お気を確かに」

と言いながら、小屋の中に入ると、鞘ごと刀を抜いて板壁をこじりで突いた。板壁が音を立てて割れ、月光が差し込んだ。

小屋の奥に魚籠《びく》や漁網が積み上げられている。魚籠に背を凭《もた》せかけて佐十郎が足を投げ出しているのが見えた。

「養父上、どうされたのです」

飛びつくように傍に寄った菜摘が悲鳴をあげた。佐十郎の胸には深々と小刀が突き刺さっていた。

佐十郎はうめき声をあげた。菜摘は着物の袖を引き裂きながら、

「誠之助、小刀を抜いてください」

と言った。誠之助は眉をひそめた。

「いきなり抜けば血が出ますよ」

「すぐに血止めをしますから、大丈夫です」

菜摘は言いながら、千沙を振り向いた。

「千沙さん、あなたも血止めを手伝ってください」

千沙はうなずいて、佐十郎の傍らに跪いた。誠之助は小刀の柄を握ってそろりと抜いた。血があふれそうになるのを菜摘が破った袖で押さえ、千沙も袖を破り上からのせた。

「養父上、しっかりなさってください。深手ではありません」

懸命に菜摘が声をかけると、佐十郎はうっすらと目を開けた。苦しげにあえぎながら、

「菜摘か――」

とつぶやいた。菜摘はうなずいて、

「養父上、わたしが手当てをいたします。かならず助けますから」

と必死な面持ちで言った。

佐十郎はゆっくりと頭を振った。

「いや、わしはもう助からぬ。それでよいのだ。そなたに看取られて死ねるなら、わしは本望だ」

「何を申されます。多佳様もおられます。養父上が逝かれては、多佳様が悲しまれるではありませんか」

耳元で菜摘が言うと、佐十郎は顔をゆがめた。

「多佳殿には悪いことをした。わしがかようなことになったのは、当然の報いなのだ」

「報いだなどと、養父上は何も悪いことはされておりません」

菜摘の言葉に佐十郎は目に涙を浮かべた。

「いや、したのだ。だが、多佳殿に言ってくれ。わしは知らなかった。本当に知らなかったのだ」

苦しげに言う佐十郎の肩に手を添えた菜摘の目から涙があふれた。佐十郎の命がもはや失われることはわかっていた。

佐十郎がなぜこのように苦しんであの世に逝かねばならないのか、と思った。

どうして、どうして。

浜の波打ち際では多佳が海を見ながら立っていた。多佳は振り向かずに言う。

「あなたは漁師小屋に行かなくともよいのですか」

「竹内様はもはや助からぬでしょう。手当ては菜摘ができますし、それで十分かと思います」

「そうですか。随分、つめたいおひとなのですね」

多佳はひややかに言った。

「わたしは医者です。助かるひとをまず助けなければならないと思っています」

「ここには病人はいませんよ」

多佳はかすかにやわらいだ口調になった。

「病人ではなくとも命が危ないひとを医者は助けねばなりませんから」

「それは、わたくしのことですか?」

多佳が目を閉じて訊くと、亮は大きくうなずいた。

「そうです。わたしがここにいなければ、あなたは海に入られるのではありませんか」

亮の言葉を嚙みしめるように聞いた多佳が、夜空を見上げたとき、

「多佳様――」

漁師小屋から出てきた千沙が悲鳴のような甲高い声で叫んだ。

多佳は振り向くと、波打ち際を走って漁師小屋へ向かった。亮も後を追いかけた。

漁師小屋の戸口には千沙と誠之助が立っていた。多佳が駆け寄ると、誠之助が押し殺した声で、

「竹内様がもはや――」

と言った。多佳は顔を強張らせて漁師小屋に入った。

菜摘が佐十郎の肩を抱くようにして寄り添っていた。小屋に入ってきた多佳を見て、

「どうして、最期を看取ってくださらなかったのですか」

と恨むように言った。

多佳は佐十郎の傍に跪いた。

「わたくしは佐十郎様を看取るわけにはいかなかったのです」

佐十郎の頬を多佳は手でゆっくりとさすった。多佳の目から涙が流れた。

多佳は静かに語り始めた。

二十二

多佳が初めて竹内佐十郎と会ったのは、佐十郎の父の葬儀のおりだった。多佳の父、堀庄左衛門《ほりしょうざえもん》が佐十郎の父と親しかったため葬儀に出たのだ。

このとき、多佳は十七歳、佐十郎は二十歳だった。

多佳は実家の父が蒲柳《ほりゅう》の質《しつ》で勤めもままならなかったため、親戚の法事などで父の代理を務めることは珍しくなかった。しかも多佳は八、九歳ごろから手習いや稽古、果ては武術の修行まで怠りなく、和歌、茶、琴は言うに及ばず、舞や裁縫まで抜きんでて、薙刀《なぎなた》、小太刀の技も身につけた才女だった。

十七歳のころ、すでに縁談は降るほどにあったが、何となく気が進まないまま、縁組を避けていた。

そんなおり、竹内家の葬儀に父の代理で出たのだが、女手が少なく、なにやら寂しげであることに気づいて、さりげなく手伝いを申し出て奥へ入った。

台所にいた女中たちを指図して客の膳を運ばせたが、十七歳の娘とは思えない毅然とした風格があって、竹内家のひとびとを感心させた。

葬儀が終わった後、喪主の務めを果たした佐十郎が、多佳を別室に呼び、あらためて懇《ねんご》ろに礼を述べた。

佐十郎が丁寧に頭を下げると、多佳は頬を染めて、

「出すぎたことをいたしました。お許しください」

と答えた。佐十郎は微笑んで、

「許すなど、とんでもない。わが家は女手が少なく、かようなときに困ります。多佳殿に助けられてありがたかった」

と言った。

この日、多佳は佐十郎とさほど話をすることもなく辞去した。しばらくして後、葬儀の後始末などを終えてから、堀家を訪れて香典返しの品を渡した後、

「多佳様には葬儀のおりに手伝っていただき助かりました。よくできたお嬢様だと感心いたしました」

と礼を述べた。庄左衛門は多佳から何も聞いていなかっただけに、娘を褒められたことを喜び、多佳を客間に呼んだ。

武家の女人はめったに客の前に出ることはない。多佳は何事だろうかと思って客間に来た。庄左衛門から大仰《おおぎょう》に褒められ、多佳は顔を赤くした。

「お褒めに与《あずか》るようなことではございません。わたくしは当たり前のことをいたし

ただけですから」

　謙遜する多佳を好ましそうに佐十郎は見つめた。そんな佐十郎を見て、庄左衛門は声をかけた。

「時に竹内殿の父上とは碁敵でな。よう碁を囲んだものだ。竹内殿は、父上のように碁をなされまするか」

「父にはおよびませぬが。石を置くぐらいはいたします」

　佐十郎が微笑んで答えると、庄左衛門は喜んだ。

「これはよい。わしは病がちでお役につくこともままならず、碁だけが楽しみでござる。よければ、時おり、碁を打ちに来ていただけぬか。多佳の料理でよろしければ召し上がっていただこうと存ずるが」

「それは願ってもないことでございます。わたくしも父を亡くしてさびしゅうございますゆえ、堀様を父とも思い、下手ではございますが、お相手をさせていただきます」

「おお、ありがたい」

　庄左衛門は笑って、多佳にも礼を言うように命じた。多佳は戸惑いつつ、

「お出でいただければ、わたくしも嬉しゅうございます」

と言った。しかし、嫁ぐ前の娘の言葉としてははしたないのではあるまいか、と思って顔を伏せた。

佐十郎もまた、恥ずかしくなり、早々に堀屋敷から辞去した。


その後、佐十郎はひと月に一度、非番の日には堀屋敷に赴き、庄左衛門の碁の相手をするようになった。

庄左衛門と佐十郎の碁の腕前はほぼ互角で、勝ったり負けたりが続き、熱が籠った。その都度、多佳が夕餉の用意をして、碁の後で佐十郎は庄左衛門の酒の相手《てまえ》をしてほろ酔いで帰っていった。時には、多佳が奏する琴を聞いたり、多佳の点前《てまえ》で濃茶をふるまわれるなどした。

庄左衛門が佐十郎を気に入り、多佳を娶《めあわ》せたいと考えていることは、ふたりにも何となく伝わった。それだけに、庄左衛門が厠《かわや》に立って客間でふたりきりになったりするおりには、ふたりとも何を話していいかわからず、口が重くなった。それでも、胸の裡が明るくなり、佐十郎は堀屋敷に碁を打ちに行くのを楽しみにするようになった。

やがて佐十郎は母に相談して仲人を立て、庄左衛門に縁談を申し入れようと思うようになった。

ところがそんな矢先、佐十郎の母は風邪で床に臥したかと思うと、あっけなく逝ってしまった。

佐十郎は気落ちしたが、多佳は庄左衛門の言いつけで竹内屋敷を訪れて通夜から手伝った。通夜の弔問客がひと通り訪れ、後は親戚だけになったころ、多佳は引き揚げようとした。すると、佐十郎が、

「夜道は物騒ゆえ、送って参る」

と言い出した。多佳は困惑した。

「佐十郎様は喪主ではございませぬか。仏様のそばにおられてくださいませ。供の女中もおりますから」

だが、佐十郎は笑顔で答えた。

「多佳殿の屋敷までさほど遠くない。小半時《こはんとき》（三十分）のことでござる。後は親戚の者に任せますから」

佐十郎は提灯を持つと半ば強引に先に立った。多佳はやむなく女中とともに佐十郎の数歩後から従った。

おりから初秋のころで、夜道をゆっくり歩くと虫の声が聞こえてきた。数歩先を行く佐十郎が不意に、

「多佳殿――」

と声をかけてきた。暗い夜道で灯りは佐十郎と供の女中がそれぞれ持つ提灯しかない。振り向いた佐十郎の端整な顔がぼんやりとした灯りに浮かび上がった。

多佳は何となく女中に話を聞かれたくないと思って佐十郎に近づいた。佐十郎は傍に来た多佳に向かって、低い声で、

「それがし、父に続いて母を亡くしましたゆえ、しばらく慶事は控えねばなりません。しかし、喪が明けましたなら、多佳殿を妻に迎えたいと思っております。お待ちいただけますでしょうか」

と囁くように言った。多佳はこれほど身近で家族以外の男と話したことがなかった。それだけでも胸が高鳴っていたが、佐十郎にはっきりと妻に迎えたいと言われて、息が詰まりそうだった。

それでも、佐十郎の目を見てはっきりとうなずくことができた。後になってみれば、なぜ、自分の気持ちにそって正直にうなずけたのだろうと不思議に思えた。

しかし、このとき、多佳の胸には何のためらいもなく、佐十郎の妻になるのだ、という思いが湧いていた。

多佳がうなずくのを見て佐十郎は嬉しげに目を輝かせた。それから振り向いて歩き出したが、背筋をのばして、肩を怒らせながらもいかにも楽しげだった。

多佳はそんな佐十郎の後ろ姿を見ながら、竹内家に嫁したならば、ずっとこうして佐十郎の背を見ながら歩いていくことになるのだ、と思って、ほのぼのと胸が温まる心持ちになった。


このまま推移すれば、多佳は佐十郎の妻となっていただろう。しかし、翌年の正月、病がちであった庄左衛門が亡くなった。

庄左衛門は佐十郎と多佳のことを気にかけながらも、佐十郎の父母が相次いで亡くなっているだけに縁談を控えていた。

それを感じていた佐十郎と多佳は将来に不安を抱いていなかったが、庄左衛門が亡くなり、多佳の兄の市兵衛《いちべえ》が竹内家当主となると、思いがけないことになった。

市兵衛がかねてから仲のよかった嘉村吉衛との縁談を持ってきたのだ。

「嘉村は藩校でも秀才として知られておった。将来は間違いなく御家の重臣のひとりになる男だぞ」

市兵衛は自信ありげに言った。佐十郎のもとに嫁ぐことになると思っていた多佳は戸惑い、すぐには返事もできなかった。

それでも勇気を振り絞って、

「父上はわたくしを竹内様に嫁がせるおつもりではなかったかと存じますが」

と言った。すると、市兵衛は不機嫌な表情になった。

「父上はさようなことをいつ申されたのだ。わしは聞いておらんぞ」

「いえ、口にされたわけではございません。ただお言葉の端々からそのように思えたのでございます」

多佳は懸命に言った。市兵衛はひややかな顔で訊いた。

「では、そなたは竹内と何か口約束でもいたしたのか」

「いえ、そんなことはありません。ただ、竹内様はご両親の喪が明けたら、縁談を申し込まれるともらされたことがあります」

「なんだと。親にも話さぬうちに、娘にさような話をいたすとは何事だ。それでは私通ではないか。さようなふしだらな真似を許せばわが家は家中の笑い物になってしまうぞ」

市兵衛は憤慨して、

「竹内に嫁するなど許さぬ」

と言い切った。多佳は困惑して言葉を失った。

父親の庄左衛門はやさしいひとで、多佳が望むことをそのまま許してくれることが多かった。それに慣れていたため、佐十郎のことも思わず口にしてしまったのだが、考えてみれば、当主になったばかりの兄にとって、妹がひそかに夫婦約束をしていたことを認められるはずもなかった。

兄が持ち込んだ縁談は一応、聞いておいて返事を先延ばしにして、その間に母から佐十郎のことを父の遺志として伝えてもらうほうがよかったのだ、と気づいた。

しかし、いまとなっては後の祭りだった。

多佳の母はおとなしい女人で父にも逆らったことがなかったが、今では当主となった兄の言いなりだろう。いったん話がこじれてしまえば、兄を説得することはできないだろう。

だとしたら、どうすればよいのか。思い余った多佳は、女中を使って佐十郎のもとに手紙を送り届けた。

佐十郎から待つように言われて待っていたが、兄から縁談が持ち込まれた、当主に逆らうわけにはいかないのでどうしたらいいだろうかという内容だった。

手紙を読んだ佐十郎は驚いて堀屋敷を訪れた。

嘉村吉衛は藩校で机を並べた間柄だった。友人でもあり、優れた人材だとは思ったが、自分が劣っているとも思えない。

市兵衛にはっきりと縁談を申し込めばわかってくれるのではないか、と期待した。

堀屋敷の客間で市兵衛と会った佐十郎は、正式な仲人を立て、縁談を申し込むから、多佳の縁談を進めるのは今少し待ってくれ、と懇願した。

市兵衛はじっと佐十郎の顔を見つめた。

「妹の縁談の話を竹内殿はどなたから聞かれた」

「いや、それは――」

佐十郎がしどろもどろになると、市兵衛は目を鋭くした。

「さようなことはあるまいが、もし、妹から聞かれたのであれば、言語道断。武家の女子の身でありながら、自らの縁組について、他家にもらすとは、当主たるわしをないがしろにした振舞いでござるぞ」

市兵衛が憤ると佐十郎は二の句が継げなかった。

この日はすごすごと帰ったが、あらためて親戚筋を動かし、上士を仲人に立てて、堀家へ縁談を持ち込んだ。しかし、市兵衛の返事はにべもないものだった。多佳と嘉村吉衛の縁談はすでに正式にまとまった、と市兵衛は言ったのだ。

市兵衛は佐十郎が屋敷にまで乗り込んできたことで、嘉村吉衛との縁組を急いでまとめたのだ。武家が縁談をまとめてしまえば、後はとやかく言うことはできない。

佐十郎は愕然となった。

数日、思い悩んだ佐十郎は、どうしようもない、とあきらめる旨の手紙を多佳に送った。父母の葬儀が続いたため、縁組を急げなかったことを嘆くとともに、

――悲しく候

と書いた。

この手紙を女中から渡された多佳は、自分の居室で何度も読み返して涙を流した。

しかし武家であるからには、当主の決定に抗うことはできない。

どうすることもできないのだ、と思った。

やがて嘉村吉衛と多佳の婚儀が行われると佐十郎は意気消沈し、人柄に翳りが加わった。

翌年には佐十郎は勧めるひとがあって、軽格の娘である松江を娶った。

松江は穏やかな人柄で、佐十郎はさほど不足を感じなかったが、いとおしむ気持ちまでは湧かなかった。

その後も佐十郎の胸には時おり、多佳の面影が浮かんだ。家中の噂で多佳がまだ子を生《な》していないと聞くと、ほっとする思いがあった。同時に自らを、

——惰弱者

と誇らずにはいられなかった。そんなおり、佐十郎は長崎聞役を命じられた。長崎に赴けば多佳のことを忘れられるだろうと思った。だが、長崎に着任して三カ月ほどたってから、新たに長崎聞役になった嘉村吉衛もやってきた。

吉衛は佐十郎と多佳のことを何も知らなかった。このため長崎で佐十郎だけでなく峰次郎右衛門や佐竹陣内、高瀬孫大夫ら旧友と会えたことを喜んだ。

嘉村吉衛が着任した日、佐十郎と次郎右衛門、陣内、孫大夫は島原の料理屋で歓迎の酒宴を開いた。酒がまわったころ、陣内が熟柿臭い息を吐きながら、

「長崎に来たならば、丸山の遊郭に繰り込まねばならぬぞ」

と声高に言った。すると吉衛は笑いながら手を振った。

「いや、それがしは遊郭が苦手だ。遠慮するぞ」

「何、行かぬというのか」

「だらしないではないか」

「これもつきあいだぞ」

陣内と孫大夫、次郎右衛門が口々に言った。しかし、吉衛はどうしても行くとは言わない。その様子を見て、佐十郎はなぜか苛立った。

「嘉村は美しい奥方をもらったと聞いたぞ。丸山に行かぬのは、奥方に遠慮があるからだろう」

佐十郎が吐き捨てるように言うと、吉衛は戸惑ったように目を丸くしたが、やが

て顔をなごませて、

「まあ、そういうことだ」

と言ってのけた。その言葉を佐十郎は生々しいものとして聞いた。一瞬、吉衛と多佳が睦み合っている姿が脳裏に浮かんだ。

佐十郎は吉衛に大きな憎悪を抱いた。

すべてはここから始まったのだ。

二十三

竹内佐十郎は嘉村吉衛を憎んだ。

その心持ちの中には、黒田藩きっての秀才である吉衛に対する競争心もあったかもしれない。

佐十郎だけでなく、峰次郎右衛門、高瀬孫大夫、佐竹陣内はいずれも長崎聞役を終えて国許に戻れば、要職について出世していくだろう。しかし、その先頭に立つのは吉衛だろうと誰もが暗黙のうちに思っていた。

吉衛はいつの日か家老にまで上り詰め、佐十郎たちは指示を仰がねばならない立場になるかもしれない。そのとき、吉衛の傍らには多佳がいるのだ。そのことを思うと、佐十郎はたまらなかった。

(何としても吉衛を蹴落としたい)

佐十郎は日夜、そのことを思うようになった。次郎右衛門や孫大夫、陣内の胸裡もさりげなく探った。

すると皆、吉衛が出世の階段を上るのは間違いないとみて、表面では親しくしているにもかかわらず、嫉《ねた》みを抱いていることがわかった。

もし、自分が吉衛に対して、何事かを仕掛ければ、ほかの者たちも同調するだろう、と思った。

このときまで佐十郎には深いたくらみはなかった。ただ、吉衛を何かのことでしくじらせて、多佳を奪われた腹いせをしたいというだけのことだった。

だが、どうしてやろうかと考えるうちに、佐十郎はしだいに自分でも思っていなかった悪謀にふけるようになっていった。吉衛を困らせ、苦しめたいという思いが熾烈《しれつ》になっていったのだ。

佐十郎はまず、同じ長崎聞役である対馬藩の平田武兵衛《ひらたぶへえ》を料亭に誘った。武兵衛はすでに五十歳を過ぎており、各藩の長崎聞役でも最古参だった。

各藩の長崎聞役が月に一度行う寄合は、月ごとに世話役が代わるが、古株の武兵衛の意向を無視しては何事も進まない。このため新しく赴任した長崎聞役はあらかじめ武兵衛と誼を通じるのである。

だが、吉衛はこれまで武兵衛に挨拶に行っていなかった。

佐十郎はそのことを知っていたが、吉衛に武兵衛に挨拶に行ったほうがいいという忠告はしなかった。

それは次郎右衛門や孫大夫、陣内も同じことで、皆、武兵衛に挨拶しなかったことで吉衛がしくじるのを素知らぬ顔で待っていたのだ。

佐十郎は料亭で武兵衛と向かい合うと、酒を勧めつつ、

「時にわが藩の嘉村吉衛は平田様のもとへ挨拶に参りましたでしょうか」

と訊いた。

武兵衛はわざとらしく大仰に片方の眉を上げてみせた。

「嘉村、吉衛殿――、さて知らぬな。さような方が新しく来られたのでござるか」

新しい長崎聞役が赴任すればすぐに武兵衛の耳に入る。吉衛のことを知らないはずはないのだが、挨拶に来ないだけに腹を立てているのだろう。

「なんと、平田様に挨拶に行っておらぬのでございますか。それはいけませぬな。拙者からきつく申しておきましょう」

佐十郎が気色《けしき》ばんで言うと、武兵衛は満足げに笑った。

「何もさように言われずともよい。長崎聞役の古手に挨拶せねばならぬなどという決まりはないのだからな」

「いえ、さようなことはございません。長崎聞役は長崎奉行との折衝から、長崎会所で商人と商談をいたし、さらに通詞たち地役人ともうまくやっていかねばなりません。そのためには各藩の長崎聞役が和していかねばならんのです。誰かひとりが勝手をしては、皆が困ります。そのために各藩のまとめを平田様にお願いしているのです。その平田様に対して――」

挨拶がないとは許せませんな、と言った後、声をひそめて、吉衛が出世のことだけを考えており、長崎聞役を早く終えて福岡に戻り、要職につきたい、と気もそぞろなのでござろう、と付け足した。

　武兵衛は目を光らせた。

「ほう、嘉村殿とはさようなご仁か」

　武兵衛は家中の出世の争いではすでに脱落し、長崎聞役に永年、留め置かれているのもそのためだった。それだけに、長崎聞役を足がかりに出世しようとする者は、他藩であっても嫌っていた。

　これまでにも、いまにも出世を控えたような新任の長崎聞役が来ると、寄合の席などで無理難題を吹きかけていたぶることが多かった。

　新任でありながら長崎聞役の寄合に顔を出すことができなくなり、実績を挙げられず、失意の態《てい》で国許に帰ることになった者もいたのだ。

　佐十郎はさらに武兵衛に酒を勧めながら、吉衛の悪口を吹き込んだ。武兵衛は、杯を口に運びつつ、

「ほう、なるほど」

　と佐十郎の話を聞いていたが、しだいに目が据わってきた。酔いがまわり、佐十郎とともに料亭を出た武兵衛は、熟柿臭い息を吐きながら、

「さような小賢しき男はちと辛い目を見せねばなりませんな」

とつぶやいた。


長崎聞役の寄合の回状が黒田藩邸に届いたのは、それから間もなくのことである。次郎右衛門が御用部屋で回状を読んで、

「これは新しく来た吉衛に行ってもらおう。各藩の長崎聞役に顔を覚えてもらうよい機会でもあるしな」

と言った。傍らで書類を見ていた吉衛は眉をひそめた。

「寄合は遊郭であるのだろう。わたしは勘弁してもらえるとありがたいが」

次郎右衛門は笑って答える。

「何を言う。長崎聞役はほかの藩の者と仲良くいたさねばとても勤まらぬぞ。もし、万が一、寄合仲間から締め出されでもしようものなら、御家のためにならぬ。心して行ってくれ」

「それはそうであろうが」

吉衛がなおも渋っていると陣内がおどけたように、

「わしならば、藩の金で遊郭に上がれるのは願ったり叶ったりだが、さすがに評判の美人を奥方にした者は違うのう」

と言った。孫大夫が笑いながら口を挟んだ。

「まあ、それほど遊郭が嫌なら、それがしが代わってもよいぞ」

すると、佐十郎が孫大夫の申し出を遮った。

「いや、それはなりますまい。誰しも寄合に出ることを喜んではおらぬ。お役目だと思えばこそ行っておるのだ。嘉村ひとりがわがままを言って出ぬというのであれば、これからもさような者が出てくるに違いなかろう」

佐十郎が鋭い口調で言うと、吉衛はようやくうなずいた。

「まことにさようだな」

回状で指定された日になって、吉衛は丸山遊郭に出かけた。

丸山遊郭は江戸の吉原、京の島原とともに、日本三大遊郭と言われる。丸山町、寄合町を総称して丸山と呼ばれ、上臈《じょうろう》町、傾城《けいせい》町、二丁町、内町、囲などの町名もあった。

長崎の記録では延宝《えんぽう》年間（一六七三～八一）にはすでに遊女屋敷七十四軒、遊女七百六十六人がおり、元禄のころになると遊女は千人を超したという。

長崎の町民や上方の商人が丸山の遊郭には多く出入りしていたが、各藩の武士もよく使っていた。

丸山の遊女は、唐人屋敷や出島のオランダ屋敷へも出入りが許されており、オランダ人との間に子を儲けることもあったという。

江戸のきっぷに京都の器量、長崎の衣装で三拍子そろうなどと言われ、吉原の遊女の気性、京の島原の遊女の器量に比べ、長崎の遊女は衣装のはなやかさが特徴だった。

井原西鶴は『日本永代蔵』の中で
——長崎に丸山といふところなくば、上方の金銀無事に帰宅すべし
と記している。

旅の者が思わず散財してしまうはなやぎのある遊里だったのだ。

吉衛は回状にあった店に上がったが、長崎聞役は誰も来ていないという。

おかしいと思いつつも、ひとり座敷に上がって酒を飲みつつ待った。だが、夜が更けても誰も現れないため、遊女も呼ばないまま引き揚げた。

翌日、吉衛はそのことを次郎右衛門に話した。

「おかしいな。寄合の期日が変われば、回状がまた来るはずだが」

次郎右衛門は首をひねった。

そして、寄合の世話人を務めていた薩摩藩の長崎聞役に問い合わせたところ、寄合は昨日、行われたが、場所が別の料亭だったことがわかった。

このことを吉衛は笑って、

「なんだ。行き違いがあったのだな」

と言っただけですませた。佐十郎がさりげなく、

「世話人と対馬藩の平田武兵衛殿に詫びておいたほうがいいのではないか」

と口にしたが、吉衛は頭を横に振った。

「場所が変わったことを報せてこなかったのは、世話人の落ち度だ。あらためて詫びに行けばそれを咎めることになるのではないか」

佐十郎は首をかしげた。

「さようなものかもしれぬが、やはり詫びておいたほうがよいように思うぞ」

「いや、せっかく遊郭に泊まらずにすんだのだから」

吉衛はむしろほっとした表情で答えた。

数日後――

次郎右衛門に長崎聞役の世話人から呼び出しがあった。次郎右衛門が薩摩藩邸に赴いてみると、世話人の薩摩藩士は迷惑顔で、

「黒田藩の長崎聞役はいかがされたのだ。店が変わったことは回状を出しておる。それなのに、来なかった詫びもないのはどういうことだ。対馬藩の平田武兵衛殿などは大層、憤られて、黒田藩を寄合から締め出せ、と息巻いておられるぞ」

と告げた。

次郎右衛門は驚いて藩邸に戻ると、二度目の回状が来たのかどうかを下役に改めさせた。すると御用部屋の書状の間に挟まった回状が見つかった。

次郎右衛門は頭を抱えて、長崎聞役を集めた。世話人の薩摩藩士からきつく言われたことを含め、場所の変更を伝える回状が見つかったことを話した。

「どうしてそのようなことが」

吉衛は青くなった。佐十郎がいきり立って、

「だから、詫びに行けと申したのだ。お主がそれを怠るゆえかようなことになった。どうするつもりだ」

と言うと、陣内が同調した。

「これは嘉村が責めを負わねばなるまい。寄合から締め出されれば、長崎で起きていることが何もわからなくなり、とてもお役目は果たせなくなるぞ」

孫大夫も眉根を寄せて顔をしかめた。

「すぐに詫びに出向かなかったのは、怠慢の誹《そし》りを免れぬな」

吉衛が、申し訳ない、と頭を下げると、次郎右衛門が大きくため息をついた。

「ともあれ、まずは詫びに行かねばなるまい。それにしても、なぜ、回状がほかの書状に紛れ込んでいたものか」

言いながら、次郎右衛門はちらりと佐十郎を見た。

佐十郎はさりげなく顔をそむけた。

場所を変えた回状を受け取ったのは、佐十郎だった。佐十郎は回状を吉衛に見せずに、ほかの書状に紛れ込ませた。

吉衛が寄合に出かけながら、虚しく引き揚げたことを知って、うまく罠にかかったと思った。

武兵衛は吉衛が来ていないのを知って、ことさら、騒ぎ立てた。だが、吉衛はそれを知る由もなく、詫びにも行かなかった。

佐十郎はわざと詫びに行くように言えば、吉衛がうるさがることを知っていた。ほかの藩の者に頭を下げたくないという吉衛の気性に佐十郎はつけ込んだのだ。

翌日、次郎右衛門は吉衛とともに薩摩藩邸に赴いた。吉衛が平身低頭して詫びると、薩摩藩士は、気の毒に思ったのか、

「いや、身どもはさほどのこととは思っておらぬゆえ、もはや気にされるに及ばぬ。されど、早々に対馬藩の平田武兵衛殿に詫びに行かれたほうがよい。あのご仁にへそを曲げられると今後、厄介でござるぞ」

と言った。

次郎右衛門と吉衛は薩摩藩士に礼を言って、その足で対馬藩邸に出向いた。

しかし、来訪の意を告げても、武兵衛は、病で臥せっていると藩士に伝えさせ、出てこようとはしなかった。仕方なく、次郎右衛門と吉衛は藩邸に戻った。

御用部屋で薩摩藩の世話人は詫びを入れてくれたものの、平田武兵衛は会っても

くれなかったことを話すと、佐十郎は声を高くした。

「詫びに行っても会わぬとはよほど怒っておられるということだ。これでは先が思いやられる。嘉村はお役目を辞したほうがよいのではないか」

吉衛は佐十郎が誹るのをうなだれて聞いた。やがて、顔を上げた吉衛は、

「何としても平田殿に詫びて参る。少し、時をくれ」

と言った。

佐十郎が口を閉ざすと、陣内が問うた。

「どうするというのだ」

「会ってもらえるまで、対馬藩邸に日参するつもりだ」

吉衛が言うと、佐十郎は吐き捨てるように言った。

「駄目だ。そのようなことをすれば、さらに平田殿を怒らせ、抜き差しならなくなってしまうぞ」

「ではどうすればよいというのだ」

吉衛は当惑して佐十郎を見つめた。

「丸山遊郭の平田殿の馴染みの店で一席設けるのだ。平田殿のお気に入りの遊女を

呼べば機嫌もなおるだろう」

「それしか手立てはないのか」

吉衛は顔をしかめた。

「やりたくないのであれば、お役目を辞してもらうしかないな。そして、すごすごと福岡に戻れば、美しいと評判の奥方がさぞや落胆するであろうな」

皮肉めいた佐十郎の言葉に吉衛は一瞬、むっとしたようだったが、大きく息を吐いてから、

「わかった」

とひと言、答えた。

佐十郎は罠にかかった獲物を見つめるように薄く笑った。

二十四

話していた多佳が不意に口をつぐんだ。

「それ以上のことは語りたくありませんか」

亮がやさしく訊いた。

「わたくしは吉衛様の妻でございますから」

苦しげに多佳が言うと、亮はうなずいた。

「そうだと思います。ならば、わたしが話しましょう」

息を引き取った佐十郎の顔を見つめていた菜摘は顔を上げた。

「あなたにはわかっているのですか」

「わかっているとも、悲しいことだけれどね」

亮は菜摘にうなずいてみせた。

「嘉村様はそれから、何とか平田武兵衛というひとにかけ合って、丸山遊郭で一席設けたのだろう。武兵衛は不機嫌な顔でやってきて、嘉村様に散々、嫌味を言ったのだろう。だが、嘉村様はそれに耐えて武兵衛の機嫌を取り結んだ。しかし、最後になって、武兵衛から注文を付けられたのだと思う」

亮は言葉を切って、ちらりと多佳を見た。多佳は辛そうにうつむいた。

誠之助が身じろぎして訊いた。

「注文ってどんなことなんです」

「武兵衛は自分は馴染みの遊女のもとで泊まるから、嘉村様にも遊女の客になれと言ったのだろう。そして自分が選んだ遊女を押し付けたのではないかな。おそらく客になっても遊女に指一本ふれないでいたりすれば、承知しないとも言ったのだろう」

　千沙が首をかしげた。

「どうして遊女を押し付けたりしたんでしょうか」

「武兵衛という男は出世ができずにいて、出世するひとを嫉んでいた。そんなひとをなんとか引きずり下ろしたいと思っている男だったのだ。それで、竹内様から焚きつけられて嘉村様を陥れようと思ったのだろうな」

「ですが、遊郭に無理に泊まらせたくらいでは、嘉村様が出世の階段から落ちるとも思えませんが」

　誠之助が訝しそうに言うと、亮はため息をついた。

「わたしもそう思った。だが、その後の嘉村様の様子で、いったい何が遊郭で起きたのかがわかったのだ」

　亮は多佳に目を遣った。

「先ほど、竹内様は、自分は何も知らなかったと言って息を引き取られました。竹内様は本当に何もご存じなかった。すべては武兵衛という男の悪意だったのです。だから、竹内様は楊梅様という名に心当たりがなかったのです」

多佳はうつむいたまま苦しげに言った。

「わたくしもさように思います」

菜摘は頭を激しく振った。

「いったい、嘉村様に何があったというのですか」

亮は厳しい表情で話を続ける。

「嘉村様は武兵衛に詫びを入れた後も、竹内様から執拗に失態を咎められ、失意のうちに国許に帰られました。しかし、その後、ふたたび長崎聞役となることを願い出て長崎に戻られた。嘉村様は長崎であるものを探したかったのでしょう」

「あるものって何なのです」

恐る恐る千沙が訊いた。

「ソツヒルというオランダの薬だ。嘉村様はこの薬を手に入れるためにオランダ商館を訪ね、トリカブトやカワラヨモギ、スイカズラ、ゲンノショウコなど、植物研究をしているオランダ人医師が喜びそうなものを贈って歓心を買おうとしたんだ。すべてはソツヒルを手に入れるためだった」

菜摘が怯えた目を亮に向けた。

「ソツヒルとは何の病に効く薬なのですか」

「瘡毒《そうどく》だよ」

亮はさりげなく言った。

瘡毒とは、後に梅毒と呼ばれるようになる性病だ。

感染すれば三カ月ほどで発熱や倦怠《けんたい》感、関節の痛みなどの症状が起き、さらに赤い発疹《ほっしん》が現れる。

この症状が現れ、二年から三年後に体に腫瘍が発生し、脳や脊髄を侵されて麻痺性痴呆となり、死亡する。腫瘍により、鼻が欠けることがあり、〈鼻欠け〉などと呼ばれることもあった。

戦国時代、武将たちは遊女に接することが多く、徳川家康の次男結城秀康や加藤清正は梅毒で亡くなったと言われている。

「武兵衛は冷酷な男だったようです。瘡毒だとわかっている遊女を嘉村様に無理にあてがったのです。嘉村様は言われるまま、遊女と床をともにした。ところが、その後、瘡毒の症状が出て愕然としたでしょう」

多佳は目を閉じてつぶやいた。

「吉衛様は秀才で将来を嘱望された方でした。それなのに、人前に出ることも憚《はばか》られる病となって苦しまれたのです」

亮はさらに言葉を継いだ。

「ソツヒルは水銀を調合した薬で瘡毒に効くということです。だが、一方で毒にもなると言われているから、あまり勧められる薬ではありません。しかし、どうしても嘉村様は手に入れたかったのでしょう」

菜摘は蒼白になって口を開いた。

「嘉村様は、瘡毒になったのは、養父上の謀だと思われたのですね」

亮は顔をそむけて答える。

「そうだ。平田武兵衛と竹内様が自分を陥れたことにいつか気づいたのだろう。そうだと知れば、瘡毒になったのも竹内様の謀だと思ってもおかしくはない」

誠之助はたまらないといった表情で頭を振った。

「竹内様はそれほどまでのことをしたと思っていないのに、嘉村様は地獄に落ちた思いで苦しまれたということですか」

亮は遠くを見つめる目になった。

「それで、嘉村様はなぜ竹内様がそれほど自分を憎んだのかと思って探ったのだと思う。そしておそらく多佳様の兄上から、竹内様と多佳様がかつて夫婦約束をしたらしいことを聞き出したのではないだろうか」

多佳はうなずいた。

「そうです。吉衛様は兄からそのことを聞いて、わたしを質《ただ》しました。あのときの吉衛様の顔は忘れられません。すべての望みを失ったような、悲しげな虚ろな顔でした。わたくしは嫁ぐ前に佐十郎様に心を寄せたことはあったが、それだけで、何のやましいこともない、と申しました。そのとき、吉衛様は――」

多佳は口を閉ざした。菜摘は辛い思いで訊いた。

「憤られたのでございますね」

多佳はゆっくりと頭を横に振った。

「いいえ、ただ、ああ、とひと声、うめかれただけで、それからは何も言われませんでした。吉衛様はそれからも病のことをひとに知られないようにしてお役目を果たされていました。どれほど、お辛かっただろうかと思います」

誠之助はたしかめるように言った。

「そのとき、竹内様に復讐しようと思われるようになったのですか」

表情をこわばらせて多佳は答えた。

「いいえ、そうではないと思います。吉衛様は目立たぬようにしておられ、何とか病を治療したいとだけ思われていたのでしょう。その間にも佐十郎様や峰次郎右衛門様は出世されていかれ、長崎聞役のおりに失態があった吉衛様は後れをとられましたが、そのことも気にはしておられませんでした。あのおりまでは——」

「あのおりとはどういうことでしょうか」

亮は厳しい目で多佳を見つめた。

「そのころ佐十郎様は江戸詰めになられていたのではないかと思います。あるとき国許に戻られ、お城の御用部屋で峰様や高瀬様、佐竹様などかつての長崎聞役の方たちと歓談されていたようです」

思い出しながら多佳は言った。

「そのときに何かがあったのですね」

「吉衛様は長崎聞役のころの話を聞きたくないと思って、廊下に出られたそうです。すると竹内様が、江戸の吉原の話をされるのが聞こえてきたのです」

多佳は唇を嚙んだ。


この日、屋敷に戻ってきた吉衛は青ざめた顔をしていた。

「お城で何かございましたのでしょうか」

多佳が訊いても、吉衛は答えなかった。だが、その夜、夕餉をすませた後になって、吉衛は、うめくように言った。

「竹内佐十郎め」

ぎりぎりと歯を食いしばる吉衛は凄まじい無念の表情だった。多佳は恐ろしくなり、息を吞んだ。

吉衛はかたわらの多佳に目を向けた。

「竹内はきょう、城中で何の話をしていたと思う」

多佳は頭を横に振った。

「江戸の吉原の話だ。家中の者たちと吉原で遊んだという話だった」

「さようでございますか」

多佳は吉衛が何を言おうとしているのかわからないまま、声をかすれさせて言った。

「あの男は吉原での遊びの話をとくとくとした後、だが、女遊びが過ぎると瘡毒になるゆえ、用心せねばならぬと申したのだ」

吉衛は薄笑いを浮かべた。

多佳は何と言ってよいかわからず、黙って吉衛の顔を見つめた。

吉衛は首をかしげて多佳を見返した。

「そなたも知っていたのであろう」

凍り付くようなひややかな声だった。

「何をでございましょう」

多佳があえぎながら問うと、吉衛はまた笑った。

「瘡毒になったものはな、肉が腫《は》れて、あたかも楊梅の花のようになる。それゆえ、瘡毒になった者のことを陰では楊梅様と蔑んで言うそうだ」

このときまで多佳は吉衛が瘡毒になったことを知らなかった。何も言えず、ただ恐ろしいものを見るように吉衛を見つめた。

「竹内めはわたしのことも陰ではそう呼んでおるに違いないのだ」

吉衛は口をゆがめて、もう一度、忌まわしい呼び名を口にした。

――楊梅様

「何という酷いことでしょうか」

菜摘は涙ぐんだ。

「その日から吉衛様はひとが変わられました。何事かを思い詰められ、峰様や佐竹様、高瀬様を訪ねて話し込まれるようになったのです。そして、あのことが起こりました。佐十郎様の奥方の行方がわからなくなったのです。奥方は不義密通をして駆け落ちしたのだということになったとき、吉衛様は佐十郎様を詰《なじ》られたそうです。なぜ妻敵討ちをしないのか、と」

すでに何事もあきらめたかのように淡々と多佳は話した。亮はそんな多佳を見つめて口を開いた。

「吉衛様はあなたと竹内様が不義密通をしていて、だから自分を陥れたのだ、と思っておられたのでしょう。それで竹内様を同じ目に遭わせたかったのかもしれません」

「そうだと思います。佐十郎様の奥方はすでに佐十郎様との間に心が通わず、幼馴染の方に思いを寄せておられたのでしょう。吉衛様は奥方を罠にはめて駆け落ちさせ、佐十郎様を詰り、妻敵討ちの旅に出なければならないように仕向けたのです。佐十郎様が旅立たれた日の夜、吉衛様はわたくしにすべてを話されました」

「嘉村様に起きたことを知って驚かれたでしょうね」

亮は同情するように訊いた。

多佳はため息をついた。

「どう思ったのかも、いまとなってはおぼえておりません。ただ、佐十郎様は旅に出たまま、もはや戻られないほうがよいと思いました。吉衛様は佐十郎様が戻られるまで生きのびて決着をつけようと思い、長崎聞役になることを願い出て、また長崎に赴かれました。病を治せなくとも、佐十郎様と決着をつける日まで生きのびたいと思われたのです」

「しかし、嘉村様は亡くなられた」

亮が突き放すようにして言うと、多佳はかすかにうなずいた。

「だとしたら、嘉村様が亡くなったことですべては終わったのではありませんか。もはや、竹内様に復讐しなければならない謂れはなかったはずです」

鋭い目で亮は多佳を見つめた。

「その通りです。すべてを忘れてしまえばよかったのでしょう」

「なぜ、そうしなかったのですか」

亮に訊かれて多佳は顔を上げた。

「お医者様であるあなたならご存じでしょう。瘡毒は男女の交わりでかかるものなのでしょう」

「その通りですが、それが何か――」

亮は訝しそうに多佳を見つめた。

多佳は佐十郎の死顔に目を遣って話した。

「わたくしと佐十郎様は不義密通などはいたしておりませんでした。ですが、吉衛様は疑っておられ、わたくしを憎まれたと思います。ましてご自分が瘡毒になり、武士としての誇りすら失ったとき、どのような思いであったかと思います」

「たしかにそうでしょう」

痛ましげに亮は言った。多佳は大きく吐息をついた。

「それなのに、吉衛様はご自分が病だとわかってから、ただの一度もわたくしにふれようとはしませんでした。ご自分の苦しみをわたくしに押しつけようとはされなかったのです。ただの一度も――」

多佳の言葉に亮や菜摘、誠之助、千沙は黙り込んだ。嘉村吉衛が抱えていた苦しみになんと言ってよいのかわからない。

多佳は佐十郎の遺骸に身を寄せた。

「それゆえ、わたくしには佐十郎様を看取ることは許されなかったのです。吉衛様は苦しみの中、長崎でひとり寂しく亡くなられました。それを思えば、わたくしは佐十郎様を看取ってはいけなかったのです」

そう言った多佳は、誠之助が傍らに置いていた脇差にすっと手を伸ばした。

「多佳様――」

菜摘が悲鳴をあげた。

そのとき、多佳は脇差を深々と胸に刺していた。多佳はゆっくりと佐十郎の傍に頽れる。その様を見ながら、亮は息を詰めて微動だにしなかった。

潮騒の音が聞こえてくる。

二十五

菜摘は倒れた多佳に取りすがった。脇差を刺した胸から血が滲み出ている。菜摘は脇差に手をかけ引き抜こうとしたができなかった。

脇差を抜けば、さらに傷口が広がるだけで、多佳を助けることにはならない、とわかった。亮が多佳の傍らに跪き、手を口にかざした。

「もはや、息絶えておられる」

亮は沈痛な声で言った。菜摘は泣き崩れた。

「どうしてこのようなことになったのでしょう」

「そのことで質さねばならぬひとがそこまで来ているようだ」

亮は立ち上がると漁師小屋から出た。すぐ前の浜辺に次郎右衛門と暁斎が立っていた。亮はゆっくりとふたりに近づき、声をかけた。

「竹内佐十郎様と多佳様はともに亡くなられました」

次郎右衛門が陰りのある声で訊いた。

「相対死《あいたいじ》にか」

亮はかっと目を見開いて吐き捨てるように言った。

「何を言われますか。ふたりが心中できる間柄であれば救われます。相次いで死なれましたが、ともにあの世に行くことはかなわぬおふたりでした。そのことはおわかりのはずです」

暁斎はうなずいた。

「そうだな。わしたちにはわかっていた」

「竹内様が長崎で嘉村様を陥れたのは、まさに悪行でした。さらに嘉村様が復讐のために竹内様に仕掛けた謀は罪深いものだったと思います。しかし、ふたりにはそれだけのわけがあり、罪業を背負われたと思います。しかし、あなた方、まわりにいたひとはどうだったのですか」

亮が鋭い目で睨むと次郎右衛門は真っ向から見返した。

「最も悪かったのはわれらだと申したいのか」

「さようです。あなた方は竹内様が嘉村様を陥れるのを見て見ぬ振りをし、さらに嘉村様が復讐を企てるとこれを手助けしました。すべては自分たちの出世の妨げになる竹内様と嘉村様を失脚させる狙いであったとしか思えません」

「われらなりに友としての情でしたことだという弁明は聞いてもらえぬのであろうな」

　次郎右衛門が苦笑して言った。

「聞くわけにはいきません。なぜなら、十年ぶりに帰国した竹内様の口から昔のことが暴露されるのを恐れて、多佳様を嘉村様に代わる楊梅様に仕立てあげ、竹内様を殺させようと図ったのですから」

　次郎右衛門は目を閉じて黙した。だが暁斎が口を開いた。

「それは違うのだ。多佳殿が楊梅様となったのは自らが決意されてのことだった」

「多佳様が自ら？」

　亮は眉をひそめた。

「そうだ。わしは佐十郎が帰国したことを多佳殿から知らされて見舞いに行った。

そのおり、病床の佐十郎の耳には届かぬ中庭ですべてを打ち明けられ、次郎右衛門たちに伝えるよう頼まれた」

暁斎はその日のことを思い出すように話し始めた。

潮風が吹きつけてくる。


多佳は中庭に暁斎を誘った。

暁斎が従うと、多佳は悲しげに言った。

「竹内様は戻られないほうがよかったのです」

「しかし、妻敵討ちを果たしたからには、もはや戻るしかなかったのであろう」

暁斎はやむを得ないことだとため息をついた。

多佳は頭を振った。

「いいえ、竹内様は自分が妻敵討ちに出るように仕組んだ相手に復讐するために戻られたのです。しかし、それはもうかないません」

「なぜなのだ」

暁斎が訊くと、多佳は佐十郎が妻敵討ちに出るように謀ったのは、夫の嘉村吉衛であり、それを助けたのが、いまの勘定奉行峰次郎右衛門と郡奉行の佐竹陣内、それに側用人の高瀬孫大夫だと話した。

「皆、出世した者ばかりではないか」

晩斎は息を吞んだ。

「皆様は嘉村を哀れに思い、同情されたのです」

「嘉村殿が病で出世に遅れたからなのか」

合点がいかぬというように暁斎が首をかしげると、多佳は長崎で嘉村吉衛と竹内佐十郎の間に確執があり、そのあげく佐十郎の罠に落ちた吉衛が瘡毒を患ったことを告げた。

「瘡毒だと」

暁斎は息を吞んだ。

「はい、嘉村は病を恥じ、長崎で薬を探しながらひとり寂しく亡くなりました。嘉村がなぜそのような死に方をしなければならなかったのか、と思うと、わたくしは胸がふさがれる思いがいたします」

暁斎は呆然として何も言えない。多佳はさらに言葉を継いだ。

「竹内様は、妻敵討ちに出なければならなかったのは嘉村が仕組んだことだと思われ、帰国する前に果し合いを望む手紙を送ってこられました。しかし、そのときにはすでに嘉村は亡くなっていたのです。帰国して嘉村を訪ねてこられた竹内様は、嘉村がこの世のひとでないことを知って愕然となり、病に臥されました」

思いがけない話に動転した暁斎はあえぐように言った。

「嘉村殿が亡くなられたからには、もはや、佐十郎も恨みを晴らすことをあきらめるしかあるまい」

「それが竹内様にはおできにならないのです。妻敵討ちに出て、もはや家中での出世も望めず、すべてを失ってしまわれたのですから」

悲しげに多佳は言った。暁斎は頭を振った。

「かといって、どうしようもないことではないか。辛くはあるだろうが佐十郎はすべてを断念するしかない」

「いいえ、竹内様は妄執に取りつかれ、心が病んでおられます。嘉村が死んだいまは、手伝った方々に復讐するつもりなのです」

「さようなことをさせてはならぬ。何としても止めなければ」

暁斎は力を込めて言った。多佳はうなずく。

「ですが、わたくしがどのように申しても竹内様はやめようとはなさいません。止めることができるのは、竹内様の養女だった菜摘さんだけだと思います」

「そうか。では、菜摘殿を呼ばねばならぬな。しかし、それからどうするか」

暁斎はあごをなでながら思案した。

「菜摘さんが止める前に竹内様が動かれてはどうにもなりませんから、峰様たちに用心をしていただかねばなりません」

多佳は真剣な眼差しで暁斎を見た。

「わかった。わしから峰殿たちに話をして、佐十郎が何を言ってきても相手にせぬよう伝えよう」

きっぱりと暁斎は言った。

「お願いいたします。菜摘さんが竹内様の病んだ心を慰め、復讐を思い止まらせることができればよいのですが」

多佳の表情は翳りを帯びていた。

　暁斎は淡々と話し続けた。

「わしは峰殿を訪ねて、佐十郎が何をしてきても相手にしてはならぬと話した。その間に多佳殿は菜摘殿を呼んで、佐十郎を止めさせようとしたのだ。しかし、嘉村吉衛に起きたことを告げるわけにはいかなかった。それゆえ、かねてから家中で探索上手と評判があった横目付の田代助兵衛を頼るよう話した。しかし、これが悪かったようだ」

　暁斎は唇を噛んだ。亮がうなずいて口を開いた。

「田代助兵衛という方は、思ったよりも腕利きだったのですね」

　暁斎は大きく頭を縦に振った。

「そうだ。菜摘殿に協力すると見せて、いつの間にか、すべてを調べ上げてしまった。嘉村吉衛が瘡毒にかかったことまで察していた」

「それは、多佳様にとって、何としても秘しておきたかったことなのでしょう」

　亮が言うと、暁斎は悲しげにうなずく。

「そうだ。かつて藩校一の秀才と言われ、御家を背負うことになると見られていた嘉村吉衛が、寂しく死ななければならなかった酷い病をひとに知られては辱めを受けることになる、と多佳殿は思われたのだ」

「しかし、田代様はすべてを調べ上げねば気が済まない執拗な性格だった。しかもそのことで、藩の出世頭である峰様たちの秘密が握れることが心地よかったのでしょう」

「あの男は変わり者だった。峰殿たちの秘密を握ることで、脅して出世しようというつもりでもなかったようだ。ただ、自分だけが秘密を握っていることを楽しみたかったのだろう。しかし、それは多佳殿にとっては許せぬ所業だったのだ」

　暁斎はつめたく言った。

「だから、すべての秘密を知ったことを告げた田代助兵衛を、多佳様は脇差で刺殺したのですね」

　亮はため息をついた。

「多佳殿は小太刀の心得があったから、たやすいことであったろう」

「それで多佳様は竹内様を殺し、自分も死なねばならないと思われたのですね」

　多佳の心中を思いやるかのように亮は沈痛な声で言った。

「そうなのだ。田代助兵衛が動きすぎぬよう峰殿と図って脅しておいたのだが、却って裏目に出てしまった」

暁斎がつぶやくように言うのを聞いて、亮は次郎右衛門に顔を向けた。

「峰様は、竹内様が誰と果し合いをしようとしているのかわたしの妻の菜摘が調べるのを、さまざまな手を使って妨げようとされました。さらには、関根英太郎という親戚の若者を使って竹内様に毒人参を飲ませて殺そうとまでされました。いかなる所存でのことでございましょうか」

次郎右衛門は自らを嘲るように笑った。

「決まっておろう。そなたも申した通り、保身のためだ。わしも佐竹も高瀬もそれなりに出世を果たしておる。十年前に嘉村を手伝ったことで、いまさら地位を失いたくはなかった」

「先ほどはそう申しましたが、それだけではないことはわかっております」

亮は次郎右衛門をうかがい見た。

「それだけだ」

次郎右衛門は暗い海に目を遣った。

「いいえ、峰様たちは何よりも嘉村様の無惨な最期、さらには竹内様のなしたことの罪深さをひとに知られたくなかったのでしょう。それは多佳様と同じ思いかもしれません。昔の友達に起きたむごたらしい運命を覆い隠そうとされたのだと思います。それが、あなた方の友としての情だったのかもしれません」

亮の言葉を聞いて、次郎右衛門は海を眺めながら口を開いた。

「さように申せばきれい事になる。思えば、最初、嘉村が竹内を妻敵討ちの旅に出るよう仕向けることを知ったとき、止めるのがまことだった。だが、あのとき、わしらは嘉村から瘡毒のことを打ち明けられて驚き、竹内がそこまで仕組んだのかと憤っていた」

「ですが、竹内様は瘡毒のことをご存じなかったのです」

「そうらしいな。わしらは愚かであったと言うしかない」

次郎右衛門は目を閉じた。

「その愚かさをすべて多佳様が背負われたのです」

亮は言い捨てると背を向けて漁師小屋に向かって歩き出した。漁師小屋に近づくにつれ、菜摘の押し殺した泣き声が聞こえてくる。

亮は大きく吐息をついた。

二十六

十日が過ぎた。

百道浜での竹内佐十郎と多佳の死は、峰次郎右衛門の計らいで病死として処理され、葬儀も滞りなく終わった。

次郎右衛門はすべてを伏せ、佐竹陣内と高瀬孫大夫も佐十郎と多佳の葬儀に顔を出しただけで沈黙を守った。

次郎右衛門は田代助兵衛への詫びのつもりか、田代家の家督を助兵衛の弟、甚五《じんご》郎《ろう》に継がせるため尽力した。これにより田代甚五郎が横目付につき、田代家は安泰となった。

すべてが落ち着くと亮は家の居間で菜摘と誠之助、千沙に、佐十郎をめぐって起きたことを話した。

菜摘は肩を落とし、

「多佳様がおかわいそうです」

とつぶやいて涙を流した。千沙もうつむいて肩を震わせる。誠之助は呆然として腕を組み、目を閉じた。

「亡くなった田代助兵衛様もかわいそうだし、罠を仕掛けられて不義密通の罪に落とされた竹内様の奥方松江様も、駆け落ちすることになった河合源五郎というひともかわいそうだと言えるだろうな」

亮はさりげなく言った。誠之助は腕をほどき、亮を見つめた。

「では、誰が悪かったのでしょうか」

亮は少し考えてから答える。

「わからないな。今回の件で悪人はひとりもいないようだ。しかし、ひとの心には時として魔が入り込む。魔は毒となってひとを次々に蝕んでいく。その様はまるで疫病のコロリのようだな」

「コロリ――」

亮が口にした疫病の名は菜摘や千沙、誠之助も知っていた。

三十五年前の文政五年（一八二二）に西国を中心に流行した疫病である。当時は、「虎狼痢《ころり》」や「暴瀉病《ぼうしゃびょう》」「見急《けんきゅう》」などと呼んだが、コレラのことである。

「コロリは本来、天竺《てんじく》あたりの疫病だったらしいが、南蛮船が清国に来るようになって、長崎にも伝わったのだ」

コロリは激しい下痢によって水分を失い、体が衰弱して意識不明や痙攣《けいれん》を起こし、数時間で死亡することもある恐ろしい疫病だった。

その日のうちか、あるいはわずか二、三日でころりと死に至ることから「コロリ」と呼ばれるようになった。

最初に流行した対馬のひとびとがこの疫病を「見急」と呼んだのは、朝方元気だったひとが夕方には死んでしまったからだという。

「わたしは三十五年前のコロリでひとがばたばたと死んでいった話を幼いときに聞かされた。コロリという病気は海の向こうの国で何年かに一度、大流行するようだ。文政のコロリは何とか収まったが、いつまた流行しないとも限らない。そのためにも長崎で蘭方医学を学んでいるのだ」

実際、翌年の安政五年（一八五八）に長崎に入港したアメリカ海軍軍艦ミシシッピー号の水兵がコレラを発症する。

文政のコロリを上回る大流行となった。

西国だけでなく江戸にまで広がり、数万人が罹病《りびょう》した。このとき、長崎のオランダ商館の医師ポンペや蘭方医たちはコレラの対策に懸命に努めることになる。

多佳に思いを抱いていた佐十郎が長崎聞役として赴任し、嘉村吉衛に嫉妬の気持ちを抱いたときは、事件になるほどのことではなかったはずだ。

しかし、佐十郎の嫉妬がやがて憎悪に変わり、吉衛を陥れたときから、憎悪は憎悪を呼んでふくらんでいったのだ。

そうなってみると、佐十郎が松江と夫婦になりながら、心ひそかに多佳への思いを抱いていたことも、恐ろしい罪悪のようになってしまった。

妻であった松江は佐十郎を疑い、心を河合源五郎に通わせていたからこそ、嘉村吉衛の企みにのって駆け落ちしてしまったのだろう。

佐十郎は自分の胸の内にあった些細《ささい》な思いによって、酷い仕返しを受けることになっていったのだ。そう思うと、たしかにコロリが伝染し、しかもわずかな間にひとを死に追いやるのに似ているような気がする。

「わたくしはひとの心が恐ろしくなりました」

菜摘は頭を振って言った。千沙がうなずく、

「わたしもです。祝言をあげて夫婦になったりするのは恐ろしいことだと思います」

誠之助はちょっと困った顔をして、

「皆が同じように不幸せになるわけではないだろう」

亮はやさしく菜摘を見つめた。

「ひととはそういうものかもしれない。だが、嘉村様はどれほど追い詰められ、地獄の思いを味わいながらも、その苦しみを多佳様に押しつけようとはしなかった。多佳様はその気持ちがわかって、竹内様への思いを断念され、嘉村様になりかわって復讐を果たされた。峰様たちは友を思う気持ちから、竹内様に瘡毒のことを告げて弁解しなかった。そうも言えるのではないかな」

「そうかもしれません。何かひとつよい風さえ吹けば、田代様も多佳様も死なずにすんだのだろうと思います」

菜摘は亮をうかがい見た。

「そうだ。わたしたちはよい風にならねばならぬ。この世によき香りをもたらす風にならなければいけないのだ、と思う」

亮は微笑した。

数日後――

菜摘は患者に鍼の施術をしていた。亮は朝から昔の学友に会うのだと言って出かけている。

菜摘が額に汗を浮かべ、慎重に鍼を打っていると、千沙がやってきた。相変わらずの男装である。

千沙は診療室の端に行儀よく座っていたが、患者が治療を終えて帰るなり、菜摘ににじりよった。

「菜摘様、聞いてくださいませ」

千沙は顔を赤らめ、興奮した様子だった。

「どうしたのですか」

菜摘は微笑んで訊き返した。以前と同じように千沙が何事か告げに来ると、佐十郎の事件が起きる前と同じ日々の暮らしが戻ってきた気がする。

「先ほど、わたしの家に関根英太郎殿が来ました」

千沙は思わせぶりに言って口を閉じた。

それで、どうしたのです、と訊こうとした菜摘はすぐに、千沙が誠之助にも話を聞いてもらいたいと思っているのだ、と察した。

菜摘は立ち上がって奥の部屋にいる誠之助に声をかけた。

「誠之助、千沙さんがお出でです。何か大事な話があるそうですよ」

声に応じて廊下をどすどすと踏み鳴らして誠之助がやってきた。昼寝していたらしく、目をこすり、眠そうにしている。

誠之助は菜摘の傍らに腰を下ろし、ぼんやりと千沙を見つめた。千沙はにこりとして、

「先ほど、わたしの家に関根英太郎様がお見えになりました」

同じことを繰り返して言っているようだが、菜摘には英太郎殿が来ました、と言ったのに、誠之助の前では英太郎様がお見えになりました、とわざとらしく丁寧になっている。

誠之助は無関心を装って、

「ふむ、それでどうしました」

と素っ気なく訊いた。千沙はネズミを捕まえた猫のような目で誠之助を見た。

「関根様はわたしを嫁に迎えたいと正式に申込みに来られたのです」

誠之助は呆気にとられた。

「なんですって。あの男は、先日、縁談は無かったことにしてくれと言ったではありませんか。どうして前言を翻したのです。怪《け》しからん奴だなあ」

「さあ、何を思われたのかわかりません。たぶん、わたしを妻に迎えないのはもったいないと気づかれたのではありませんか」

「まさか、そんなことは——」

言いかけた誠之助は千沙が睨んでいることに気づいて口を閉じた。

菜摘が落ち着いて口をはさんだ。

「では、縁談があらためて持ち込まれたということですね。しかも、ご本人が見えられるということは、関根様では千沙さんをお嫁に迎えたいと本気で考えておられるということなのですね」

千沙は膝を乗り出して、大きくうなずいた。

「そうなのです。しかも今度は勘定奉行峰次郎右衛門様のお口添えがあるそうです。

ご重臣の方がぜひとも、と言われているとのことで、うちの両親は断ることなどできないと申しております」

どことなく自慢げに言った。すると、誠之助は大きな音を立てて膝を叩いた。

「それだ――」

大声で言う誠之助を菜摘と千沙は訝しそうに見つめた。

「何が、それだ、なのです」

菜摘に訊かれて誠之助は重々しく答えた。

「姉上はお気づきになりませんか。峰様は竹内佐十郎様の一件を闇に葬りたいのです。そのために、真相を知る千沙さんを自分の縁戚に嫁がせて身内にしようとしているのです。汚いです。実に汚いやり方です」

誠之助は大仰に言って腕を組み、憤慨に耐えないという表情をした。千沙はひややかな笑みを浮かべた。

「そうでしょうか。事件の真相を闇に葬りたいのであれば、まず、佐久良亮様をどうにかすべきではありませんか。わたしを身内にしたところで、すべてを知る佐久良様がいては、どうにもなりません」

誠之助は片手で顔をなでた。

「まあ、そうも言えますが」

菜摘は苦笑して口をはさんだ。

「そうですよ。さような思惑で縁組をしてもたいして役には立ちません。もし、祝言をあげても夫婦仲が悪くなればそれまでで、却ってどんなことを言い触らされるかわかりません。そんなことをあの峰様がなさるとは思えません」

「そうかもしれませんな」

誠之助は不承不承、自分の意見を引っ込めたが、それでは、どうしてそんなにまでして千沙さんを嫁にしたいのか、さっぱりわからない、とつぶやいたが、千沙の鋭い視線を感じて口を閉じた。

千沙はじろりと誠之助を見ていたが、頭を振ってから、菜摘に顔を向けた。

「それで、両親は乗り気になっています。でも、わたしはまだお嫁に行く気にはなりません。そこで考えました」

一息に言った千沙が少し黙ると、傍らの誠之助が、下手の考え休むに似たり、とつぶやいた。

「誠之助――」

菜摘がぴしりと声をかけると、誠之助は神妙な顔つきになった。千沙は誠之助に構わず話を続ける。

「この縁組を逃れるにはわたしが博多を出るしかありません。そのために長崎に赴いて蘭方医の修業をしたいと思うのです」

「千沙さんが長崎に――」

今度は菜摘が呆気にとられた。

「はい、亮様は長崎にいらっしゃるのですから、わたしが蘭方医の修業をする便宜をはからっていただけると思います。何でしたら亮様の長崎でのお家でお世話になってもいいのではないかと思います」

千沙はにこりとして言った。

「わたくしの旦那様と一緒に暮らすというのですか」

菜摘は複雑な思いになった。いくら親しい千沙といえども、夫と若い女が一緒に暮らすのを認めるわけにはいかなかった。

「それは難しいと思います」

菜摘はきっぱりと言った。しかし、千沙は平然と話を続ける。

「そう言われるのはごもっともだと思います。でも、そうだとしたら、菜摘様もご一緒に長崎に行ってはいかがですか」

「わたくしも長崎に？」

思いがけない話に菜摘は言葉に詰まった。

「さようです。菜摘様も長崎で蘭方医の勉強をしたいと思われていたのではありませんか。それに、そもそも竹内様の一件で一番悪かったのは、亮様が長崎からなかなかお戻りになられなかったことです」

「それはどういうことでしょう」

佐十郎の件の謎を解いた亮が一番悪かったとはどういうことだろう。菜摘が首をかしげると千沙は自信たっぷりに言った。

「だって、亮様がもっと早く帰ってきてくださっていたら、田代様も多佳様も死なずにすんだと思います。ですから、いけなかったのは菜摘様と亮様が離れていたことです。菜摘様が長崎で亮様と一緒に暮らしていればあんなことにはなりませんでした」

千沙の言い分が筋が通っているかどうかはともかく、亮と離れて暮らしているべきではないと言われれば、その通りかもしれない、と菜摘は思った。

「ですが、患者さんもいらっしゃいますし」

菜摘は思わず迷いを口にした。菜摘が長崎に行く気になったと見た千沙はさらに言葉を継いだ。

「患者ならわたしの父に任せればいいのです。幸い、家も近いですし、患者さんを困らせずにすむと思います」

千沙の説得で菜摘の心がゆらいでいるのを見た誠之助はあわてて、

——ちょっと待ってください
と、待ったをかけた。千沙は素知らぬ顔で、

「どうしましたか」

と言った。誠之助は大きく咳払いした。

「千沙殿と姉上が長崎に行かれたら、わたしはどうしたらよいのですか」

間髪を容れずに千沙は答える。

「決まっております。わたしたちと一緒に長崎に行って蘭学を学べばいいのです」

あっさり決めつけられて誠之助は目を白黒させた。

「わたしが蘭学ですか」

「そうです。誠之助様はこの家におられても、医者になるつもりがあるのかどうかはっきりしません。そんな中途半端では一生を誤ります。ですからわたしたちとともに長崎に行くのです」

「そんなことを急に言われても、長崎遊学ともなれば金もかかりますし」

誠之助が困惑すると、千沙は畳みかけた。

「お金のことなど何とでもなります。それとも誠之助様はわたしがこのまま英太郎様に嫁いでもよいのですか」

千沙が詰め寄ると、誠之助は少し考えてから、

「いや、それは困る」

ときっぱり答えた。

誠之助のはっきりした言葉を聞いて千沙は嬉しそうに頬を染めた。

この日、亮が学友たちと酒を飲んで帰ってきたときには、菜摘と誠之助、千沙は

長崎に行くことを決めていた。

翌朝になって、そのことを菜摘から聞かされた亮は当惑した。

「皆、長崎に来るというのか」

菜摘は膝を乗り出した。

「わたくしたちが参っては都合の悪いことがおありになりますか」

亮はすかさず答える。

「いや、何もない」

菜摘は満足げにうなずいて、千沙と誠之助を振り向いた。

「これで決まりましたね」

何もかもすでに決まっているらしい様子に亮は笑い出した。菜摘は亮を見て怪訝そうに訊いた。

「どうしたのですか」

亮はしみじみと言った。

「いや、皆が長崎に来ると聞いて、なんだかよい風が吹くような気がしたのだ。長崎での悲しい出来事をわたしたちが吹き飛ばしたほうがいいと思う」

菜摘は涙が出そうになった。そうなのだ、どのような悲しい思い出も乗り越えていかねばならない。

風がかおるように生きなければ。

菜摘はそう思いつつ中庭に目を遣った。

朝方の光があふれる中、風がさわやかに庭木の枝を揺らしている。

解説

村木嵐

二〇一七年十二月二十三日、信じられないことだが葉室先生が旅立たれた。まだ六十六歳という、私たち読者にとっては次作への期待がいよいよ膨らんでいる最中での、早すぎる突然の悲報だった。

この解説を書いているのがそれからまだ一月《ひとつき》後のせいか、再読してこれほど著者の生き方が如実に表れている作品もないと思った。当たり前だが誰にとっても時間は有限で、人生は一度きりだ。長さや場所や時代が異なっても、人がどう生きるべきかはたぶん変わらない。著者は私たちが知らないうちに罪を犯しながら生きていることに気づかせ、それでも〈風がかおるように生きなければ〉ならないと伝えている。

葉室作品の多くがそうであるように『風かおる』の主人公も一人ではない。人が人と関わって生きること、限りある中で生を全うすること、それがこの作品の重要なテーマであり、著者が発しつづけた根源的なメッセージの一つでもある。主人公たちのさまざまな生を通して、私たちはいかに生きるべきかを著者から託されているのだと思う。


黒田藩郡方、禄高五十石の竹内佐十郎は清廉で朗らかな、将来を嘱望された優秀な侍だった。かつて佐十郎夫妻の養女だった菜摘は成長して医師の妻となり、自らも鍼灸医として充実した日々を送っている。そこへ十年ぶりに佐十郎が現れ、菜摘はそのあまりの病みやつれた姿に愕然とする。

じつは佐十郎は江戸詰のおりに妻松江に裏切られ、長い妻敵《めがたき》討ちの旅に出ていたのだった。その旅立ちのときに菜摘は実家へ戻されたが、優しかった松江が不義を働いたことは不可解でずっと心にかかっていた。また再会した佐十郎にも以前の面影はなく、かたくなに口を閉ざして猜疑心に満ちた目で横たわっているだけだった。

戦国家法が浸透していた当時、密通した妻とその相手を夫が討ち果たすことは正当な処断として許されていたが、実際は妻を離縁して穏便に済ませることが多かった。にもかかわらず佐十郎はあえて復讐の旅に出、二人を斬って戻ったのである。

夫妻の人となりをよく知る菜摘はどうしても納得がいかず、自分を姉のように慕ってくれる男勝りの千沙やぶっきらぼうな弟の誠之助とともに、佐十郎を襲った運命を探っていく。そして松江の出奔には仕組まれた罠があり、佐十郎が見たのはその策略を受け入れて心静かに暮らす妻の姿だったことを知る。

佐十郎は余命幾ばくもない身で真の敵に決闘を挑もうとしているが、その相手は誰なのか。そして楊梅《やまもも》殿と呼ばれる黒幕はなぜ、どんなことを仕掛けてきたのか。さまざまな疑惑が湧き起こるなか、菜摘たちは佐十郎を信じて全力で謎に向かっていく。


江戸時代、黒田藩をはじめとする九州諸藩は長崎聞役と呼ばれる藩の外交官を置き、異国の情報収集、他藩との連携につとめていた。佐十郎は優秀な四人の友とともに長崎でその役儀に励んでいたが、うち一人が浅からぬ因縁をもつ嘉村吉衛だった。

佐十郎が吉衛たちと切磋琢磨し合った若い日々、諸藩の思惑に抜け荷までが絡み、佐十郎たちの信頼関係は少しずつ揺らぎ始める。

当時の九州諸藩はたしかに特殊な事情の下に置かれていたが、佐十郎たちはそこに絡んだ負の感情のせいで壮大な渦に飲み込まれていく。最初はほんの小さな行き違いだったものが歳月をはらんで抗いようもなく大きくなってしまうのだ。

だがその渦中、巨大なうねりを目の当たりにしながらも私たちは思わざるを得ない。

若い頃の純粋な思いが、今の生活を台無しにしてまで優先されることなど果たしてあるのだろうか。しがらみに満ちた武家社会の中で青春時代に築いた友情が、命の危機に直面してもなお変わらずに保たれるのか。

著者が佐十郎たちを通して浮き彫りにしているのはなにも遠い昔の話ではなく、今とさして変わらない人々の営みだ。前者は絶え間なくテレビから流れてくる不倫の話題に通じ、後者にはリストラやパワハラといった社会の〈毒〉が当てはまる。

そして著者はここから私たち読者に畳みかけてくる。

純粋な思いと思いがぶつかるとき、あるいは友情と友情がせめぎ合うとき、人は何を選び、どう自らを貫くのか。

佐十郎はまっすぐで気高い情熱を持ち、佐十郎に向かう相手もまた同じものを持っていた。佐十郎が信頼し、生涯の友と感じていた相手も、それぞれがそれぞれに尊い友情で結ばれていた。

そしてそれらが対峙してしまったとき、人はどう生きるべきなのか——。

さらに著者がそこから現代に通じる問題として捉えたのは〝いじめ〟だった。

かつては明るく実直だった佐十郎でさえ、嫉妬や些細な苛立ちから友に辛くあたり、孤立に追い込んだ。友としても夫としても申し分のなかった吉衛もまた、第三者が放った悪意を乗り越えることができなかった。

相手の巧妙さもあるが、心に〈魔〉が入り込んだとき、人がそれに打ち勝つのは並大抵のことではない。いじめは成長過程の子供だけが巻き込まれるのではなく、佐十郎や吉衛のように成熟した、人格的にもすぐれた大人までがその快感に酔わされてしまう。

物語の中盤、顔の見えない数人の男たちが策謀を繰り返し、読み進むにつれて事の首謀者は彼らだとしか思えなくなってくる。

だがこれは著者の巧みな企みで、人が人を疑うのはこうもたやすく起こるということへの傍証にすぎない。私たちもまた作中の人々と同じように小さな先入観から事実をねじ曲げていたことに気づかされるのである。

そうしてすべての謎が明らかになったとき、首謀者の一人らしき人物が若い千沙や誠之助に、やはり理不尽と思われる企みを仕掛けてくる。だがそれは「強くあれ」という人生の先達からの激励に他ならず、私たちは考え方ひとつで良くも悪くもできることがあると痛感することになる。

菜摘や千沙たちが思ったように、佐十郎たちにあとほんのわずかの強さがあれば彼らの人生は変わっていた。

〈何かひとつよい風さえ吹けば〉

〈わたしたちはよい風にならねばならぬ。この世によき香りをもたらす風に〉

著者の人に向ける眼差しはつねに平等で温かい。よい風とは悪意を向けてくる相手にとっても善い風となり、すべての人に佳《よ》い風となるものだ。

きっとたくさんの人の人生を見てきた著者は、ここであとほんの少しよい風が吹けばと悔しく思ったことがあったのかもしれない。かけがえのない友、誰よりもその生涯の幸せを願う人が、ときに第三者の理不尽な悪意によって踏みつけにされてしまう。そのとき我が事としてそれに寄り添いつづけたのが著者だったのだろう。

生きていれば出合わざるを得ない悲しみから目をそらさなかった菜摘や千沙、誠之助たちは、著者その人でもあった。


二〇一七年の師走、葉室先生の葬儀のあとに佐十郎が決闘の地に選んだ博多の百道浜《ももちはま》を訪ねてみた。

佐十郎が最後までこだわりつづけた場所にはもちろんとうに江戸時代の海岸線はなく、かわりに整然とした美しい学研都市が広がっていた。

その中に街のシンボルとも呼べるような西南学院大学が建っていた。佐十郎や吉衛が青春を過ごした百道浜には葉室先生が通った大学があり、先生が友情を育んだ日々もまた凝縮されていた。

当時の先生が百道浜でどんな日々を送られたのか私たちは想像することしかできないが、『風かおる』を読んだ後でははっきりと確信することができる。

先生が手にされた友情は、決して泥にまみれず、一方が旅立ってもなお永遠に残るものだった。『凪かおる』は人が生きていけば出合う数々の思いを描いているが、先生にとっての一番は、やはり無双の友情だったのではないだろうか。

――作家

この作品は二〇一五年九月小社より刊行されたものです。

幻冬舎文庫

●最新刊
HEAVEN
萩原重化学工業連続殺人事件
浦賀和宏

ナンパした女を情事の最中に殺してしまった零。だが警察が到着した時には死体は消え、別の場所で、頭蓋骨の中の脳を持ち去られた無残な姿で見つかる。脳のない死体の意味は？　超絶ミステリ！

●最新刊
鈍足バンザイ！
僕は足が遅かったからこそ、今がある。
岡崎慎司

足が遅い。背も低い。テクニックもない。だからこそ、一心不乱に努力した。日本代表の中心選手となり、2015-16シーズンには、奇跡のプレミアリーグ優勝を達成した岡崎慎司選手の信念とは？

●最新刊
わたしの容れもの
角田光代

人間ドックの結果で話が弾むようになる、中年という年頃。老いの兆しを思わず嬉々と話すのは、変化とはおもしろいことだから。劣化した自分だって新しい自分。共感必至のエッセイ集。

●最新刊
日本核武装(上)(下)
高嶋哲夫

日本の核武装に向けた計画が発覚した。官邸から全容解明の指示を受けた防衛省の真名瀬は関係者を捜し、核爆弾が完成間近である事実を摑む……。この国の最大のタブーに踏み込むサスペンス巨編。

●最新刊
年下のセンセイ
中村　航

予備校に勤める28歳の本山みのりは、通い始めた生け花教室で、助手を務める8歳下の透と出会う。少しずつ距離を縮めていく二人だったが……。恋に仕事に臆病な大人たちに贈る切ない恋愛小説。

幻冬舎文庫

●最新刊
海は見えるか
真山　仁

大震災から一年以上経過しても復興は進まず、被災者は厳しい現実に直面していた。だが阪神・淡路大震災で妻子を失った教師がいる小学校では希望が……。生き抜く勇気を描く珠玉の連作短篇！

●最新刊
101％のプライド
村田諒太

ロンドン五輪で金メダルを獲得後プロに転向、世界ミドル級王者となった村田諒太。常に定説を疑い「考える」力を身に付けて日本人初の〝金メダリスト世界王者〟になった男の勝利哲学。

●最新刊
貴族と奴隷
山田悠介

「貴族の命令は絶対！」――30人の中学生に課された「貴族と奴隷」という名の残酷な実験。劣悪な環境の中、仲間同士の暴力、裏切り、虐待が繰り返されるが、盲目の少年・伸也は最後まで戦う！

●最新刊
北京でいただきます、四川でごちそうさま。
四大中華と絶品料理を巡る旅
吉田友和

中国四大料理を制覇しつつ、珍料理にも舌鼓を打つ。突っ込みドコロはあるけど、一昔前のイメージを覆すほど進化した姿がそこにあった。弾丸日程でも大丈夫、胃袋を掴まれること間違いなし！

●最新刊
黒猫モンロヲ、モフモフなやつ
ヨシヤス

里親募集で出会った、真っ黒な子猫。家に来た最初の晩から隣でスンスン眠る「モンロヲ」は、すぐ大切な家族になった。愛猫との〝フツーで特別な日々〟を綴った、胸きゅんコミックエッセイ。

風《かぜ》かおる

葉室麟《はむろりん》

平成30年4月10日　初版発行

発行人――石原正康
編集人――袖山満一子
発行所――株式会社幻冬舎
〒151-0051東京都渋谷区千駄ヶ谷4-9-7
電話　03(5411)6222(営業)
　　　03(5411)6211(編集)
　　　振替00120-8-767643

印刷・製本―図書印刷株式会社

装丁者――高橋雅之

幻冬舎時代小説文庫

ISBN978-4-344-42737-2　C0193　は-31-2